www.editionkeiper.at

1. Auflage September 2021
Lektorat: Maria Ankowitsch
Cover, Layout und Satz: textzentrum graz
Alle Fotos: Christian Jungwirth
Druck: ADverts printing house
ISBN 978-3-903322-41-7

Das Land Steiermark
→ Kultur, Europa, Sport

GRAZ

Die Textstelle aus dem Buch Kohelet auf S. 101 ist zitiert nach: Die Bibel. Die Heilige Schrift des Alten und Neuen Bundes. Vollständige deutsche Ausgabe. Verlag Herder, Freiburg im Breisgau, 2006.

Klaus Edlinger

Mama, Papa, das Land und die Leute

Reportagen aus einer südoststeirischen Kindheit

»Und wenn ich nochmals von vorne anfangen könnte, würde ich versuchen, weniger perfekt zu sein. Ich würde von März bis Oktober barfuß gehen, viel in Flüssen schwimmen und vor allem mit Kindern spielen.«

Jorge Luis Borges

Ich widme dieses Buch meinen Klassenkameraden und Indianerfreunden und meinen ersten Lieben. Ich widme es den Geschichtenerzählern und Philosophen, den »wilden Hunden« und den »Rabenviechern«, den Helden und Käuzen, den Bastlern und Pfuschern und den starken Frauen Maisopotamiens. Ich widme dieses Buch den Leuten aus St. Stefan im Rosenthal – eigentlich allen Menschen, die aus dem »krummen Holz« der Südoststeiermark gemacht sind.

I.

»Maisopotamien«
Das Land zwischen Raab und Mur

Ich bin ein Glückskind. Mein Leben ist nie durch einen Krieg gestört worden. Mit einer einzigen Ausnahme bin ich nie ernsthaft krank gewesen. Ich habe ein Haus gebaut und Bäume gepflanzt. Zwei herrliche Kinder stehen für meinen privaten Lebensentwurf. Mein ganzes Arbeitsleben lang habe ich Erfolg gehabt. Die privaten und beruflichen Blessuren haben nie das Ausmaß des Erträglichen überschritten – egal, ob andere oder ich selbst die Ursache dafür waren.

Mein Leben lang hatte ich das Privileg, nur das tun zu müssen, was ich tun wollte. Das, was ich tat, tat ich mit radikaler Zuversicht und Neugier. Als Journalist und Fernsehmoderator durfte ich die ganze Welt bereisen. Jahrzehntelang hatte ich die Gelegenheit, sehr intensiv und unmittelbar an globalen Ereignissen teilzunehmen und hinter die Kulissen zu schauen. Ich habe große Persönlichkeiten aus dem In- und Ausland treffen dürfen. In keiner Phase meines Lebens gab es existenzielle Schwierigkeiten. Wirtschaftlich ging es mir immer gut, obwohl mein Leben dem Sein mehr als dem Haben galt. Ich habe wirklich Glück gehabt.

Das verdanke ich meinen Eltern, die ausschließlich für meine Bildung und Ausbildung arbeiteten. Natür-

lich habe ich einiges mir selbst zu verdanken, in einem großen Ausmaß aber auch dem Glück und den Zufällen, die in meinem Leben eine große Rolle gespielt haben. Ich habe früh gelernt, mich ihnen hinzugeben. Wie alle Menschen habe ich auch Ausrutscher und Tiefs gehabt. Gar nicht so Weniges ist nicht *wegen*, sondern *trotz* meiner Aktionen gut gelaufen. Ich bin davon überzeugt, dass es Schutzengel gibt. Einer hat mich an seine Brust genommen, und ich bin nicht »an seinem größeren Dasein vergangen«, wie Rilke in den *Duineser Elegien* schreibt. Im Gegenteil: Mein Schutzengel hat mich zum Blühen gebracht, indem er mich hob, wenn ich stolperte, und auf den richtigen Weg stellte, wenn ich in die Irre ging.

Vor einiger Zeit habe ich einen meiner vier Enkel um Hilfe gebeten, weil ich an meinem Laptop nicht weiterwusste. Mit einem Handgriff und spöttischem Lächeln hat er mein Problem behoben. Das sagt schon alles darüber aus, wie ausgeliefert ich heute bin, obwohl ich mich zeit meines Lebens für die Dinge interessiert habe. Neugier ist für mich Lebenselixier, weil sie Zukunftsenergie ist. Aber meine Neugier ist für diese schrille Zeit zu langsam geworden.

»Panta rhei« sagen die Griechen, alles fließt. Immer ist alles geflossen, in den letzten Jahrzehnten war der Entwicklungsstrom aber so rasend schnell, dass wir mit der Digitalisierung die wahrscheinlich stärkste Zäsur in der Menschheitsgeschichte erleben – stärker noch als die Erfin-

dung der Druckerpresse. Noch hecheln wir in der digitalen Gischt nach Luft. Noch kennen wir keinen Zielhafen. Noch wissen wir nicht, welcher Wind günstig ist.

Ich bin ohne Fernsehen aufgewachsen, ohne Festnetz- und Mobiltelefon, ohne Internet. Eine Lebensbahn zwischen Internat und Internet. Wir waren vier, Mama, Papa und ein Bruder, der ein tüchtiger Arzt geworden ist. Er hat die Südoststeiermark nie verlassen. Meine Mutter trug in unserem Geschäft den ganzen Tag eine Handkassa mit sich, weil es nur Bargeld und so gut wie keine Bankkonten gab. Auf unseren kurvigen, kaum ausgebauten Straßen fuhren die gelben Autobusse, und wir Kinder spuckten in die offene Hand, um das Brausepulver zum Aufschäumen zu bringen. Als ich zehn war, bekam Papa sein erstes Auto. Mit sechzehn trank ich mein erstes Cola, ein Jahr später, mit siebzehn, aß ich meine ersten Pommes frites.

Über meine Kindheit in den fünfziger Jahren des vorigen Jahrhunderts will ich schreiben, eine Kindheit auf dem Land. Nicht weil ich mich für so wichtig nehme. Ich denke, dass meine Geschichte absolut durchschnittlich ist. Viele können sich darin wiederfinden. Vielleicht wird ihnen auffallen, dass in ihrem Leben nicht nur Erfolg und Misserfolg, Glück und Unglück wohnen, sondern auch viel Poesie und Farbenpracht. »Man muss nur an der Schicht des Alltags ritzen«, sagt Eugene O'Neill, »dann kommt die Poesie.« Zumeist neigen wir ja dazu, immer schnell zu wissen, dass wir unglücklich sind. Oft entgeht uns das Wissen um das Glück. Ich sage das nicht als Klugscheißer, sondern als einer, dessen tiefstehende Lebenssonne heute Dinge beleuchtet, die früher im Schatten lagen. Ich denke, dass es schon, aber nicht nur eine Alterserscheinung ist, wenn einen der Blick zurück fröhlicher stimmt als der nach vorne. Ganz abgesehen davon halte ich das Alter für einen Gewinn und nicht für eine Last. Ich lehne die »Philosophie des Ruhestandes« genauso ab wie den Irrglauben, dass Urlaub In-der-Sonne-Liegen und Nichtstun ist. Ich bin jedenfalls nie »in den Ruhestand« gegangen, weder körperlich noch geistig. Ich mag auch die vielfach als Bonmot gebrauchte Sottise vom »Unruhestand« nicht. Mein Kopf und mein Körper sind »im Stande« und nach wie vor Bewegungskörper.

In den Geschichten und Porträts dieses Buches nehme ich mir einige Freiheiten heraus. Gemäß dem Zeitparadoxon werde ich Ereignissen, die nur kurz gedauert haben, längere Aufmerksamkeit zumessen, während ich andere von längerer Dauer nur kurz oder gar nicht erwähne. Lassen Sie es mich so sagen: Ich habe einfach alles, was um mich an Erinnerungen, Assoziationen und Reflexionen herumgelegen ist, zusammengekehrt und in den Lebens-Eimer getan. Jetzt greife ich ins Volle, hole eines nach dem anderen heraus, drehe es im Licht der Gegenwart hin und her, schaue es von dieser und jener Seite an, und dann präsentiere ich es. Ich will die Gegenwart durch den Blick in die

Vergangenheit entschlüsseln – und sinnlicher machen. So sinnlich, wie die Welt des Kindes ist. Das Kind lebt in der Welt des Hörens, Riechens, Schmeckens, Sehens und Spürens. In der Kindheit ist der Mensch der »reine Tor«. Er beginnt seinen Weg zum »Gral« mit naivem Staunen, mit Freude und mit Neugier. Ich will sehen, wie viel davon wann, wo und wie auf der Strecke geblieben ist. Und was von Dauer war.

Es heißt, Leben ist nur, was man erzählen kann. Bruce Chatwin, der verehrte »Nomaden-Dichter«, hat über die »Traumpfade« der australischen Aborigines geschrieben. Sie sind »Songlines« und ziehen sich durch die gesamte Menschheitsgeschichte. Schon unsere Vorfahren zogen auf diesen labyrinthischen Pfaden dahin. Ihr Gesang erschafft zu allen Zeiten die Welt so, wie sie heute ist. Wir sind eine einzige Erzählung der Unstetigkeit. Es mag naiv sein, aber wie jede und jeder von uns spüre ich, wie Momente, Gedanken, Bilder und Äußerungen von Menschen und Dingen meiner Kindheit heute aufblitzen und in mir wohnen. Neben den mentalen Verknüpfungen besitze ich wie jeder von uns sogar materielle Dinge von längst verstorbenen Menschen. Ich hüte sie wie Reliquien. So gehe ich weiter auf den »Traumpfaden« aus meinem Gestern. Und wir alle wissen, dass neue Wege erst wieder im Gehen entstehen.

Wir sagen immer, die Erinnerung sei das Paradies, aus dem uns niemand vertreiben kann. Gleichzeitig sagen wir, dass die Erinnerung lügt. Beim Schreiben die-

ses Buches habe ich mich bemüht, nie zu lügen – außer, wenn ich das Gefühl hatte, mit einer Lüge der Wahrheit näher zu kommen. Nur wenige Personen des Buches musste ich unkenntlich machen. Die meisten sind Prototypen, zusammengeführt und gemischt aus vielen einzelnen Charakteren. Und was das Paradies betrifft: Natürlich habe ich es genossen, mich in einer mittlerweile fernen Kindheitswelt des ewigen Schönwetters und der spielerischen Verantwortungslosigkeit zu suhlen.

Ich werde jeden Vorwurf der Verklärung und der Lüge ignorieren. Es kann durchaus sein, dass ich in meiner Glückseligkeit verkläre oder gar lüge, denn ich schreibe nicht über das, was ich real erlebt habe. Ich schreibe über meine Erinnerung, also über jene Bilder und Geschichten, die m e i n e Phantasie mit den Zutaten m e i n e r Lebensgeschichte gefärbt haben. Aber »niemand ist eine Insel«. Jeder ist Teil des Kontinents, jeder ist ein Teil des Festlands, schreibt der englische Dichter John Donne. Sie, liebe Leserin, lieber Leser, haben Ihre Geschichten nur nicht aufgeschrieben.

Nach Einleitungen, die das Heute reflektieren, erzähle ich in zehn »Reportagen aus der Kindheit«. In Geschichten, Bildern und Porträts berichte ich von den Menschen und der Landschaft einer verhältnismäßig unbekannten Region. Ich schreibe über meine Eltern, über die Leute und ihre Macken. Über die Wirtschaft und »unseren« Eisernen Vorhang; über die Religion und den Fußball; über unsere ausschließlich männ-

lich dominierte Gesellschaft; über meine ersten Ausflüge in andere Welten; über den Stellenwert der Erotik im Dorf und über meine ersten »ewigen« Lieben, die genauso wie Ihre verlaufen sein dürften.

Mama, Papa, das Land und die Leute haben die Erzählung meines Lebens bestimmt. Der Rhythmus dieser Erzählung ergab sich aus der Sprache und den Bildern, aus der Luft und dem Licht meiner Kindheit. Er ergab sich aus der geradlinigen Disziplin der Maisfelder, aus dem Duft von Heu und Holler, aus dem Scheppern der Melkeimer in der abendlichen Kühle, aus den prachtvollen Farben des Herbstwaldes, und nicht zuletzt auch aus den metallenen Geräuschen aus Papas Motorrad-Werkstätte.

Im Versuch, besondere Wegmarken der Entwicklung auszumachen, überschreite ich ständig die Grenzen zwischen Phantasie und wirklichem Leben – falls es das überhaupt gibt. Nicht nur in dem Zusammenhang hat mich das Platonische in der Liebe nie so angesprochen wie das Höhlengleichnis des Philosophen: Die Wirklichkeit ist nur das, was ich sehe.

Glücksforscher betonen die Bedeutung der Botenstoffe für unser Glück. In der Jugend, so sagen sie, sei das Dopamin dafür ausschlaggebend, dass wir hinausziehen in die Welt, um zu erobern. In der Mitte des Lebens dominiere das Adrenalin. Es sei ausschlaggebend für Stress, Mühsal und Arbeit. Im Alter aber vermengten sich Adrenalin und Dopamin, und wir werden gelassen, weise und glücklich. Lesen Sie unter diesem Aspekt die Zeilen, die der analoge Opa seinen digitalen Enkeln widmet. Ich will meine erste »Reportage« mit dem Menschen beginnen, der mein Leben am stärksten beeinflusst hat, mit meiner Mutter.

Der Elefant ist ein gefährliches Tier

Eine gewisse Spannung liegt im Haus. Der Bezirksschulinspektor Hanke hat sich angesagt. Er ist einer von Mamas Verehrern. Papa ist nach Graz gefahren, um Teile für unsere Werkstatt zu besorgen. Ich muss das weiße Hemd und die verhasste Bleyle-Strickhose anziehen, die mit den angenähten Hosenträgern. Ich werde aber nicht singen müssen. »Wenn die Glocken hell erklingen« muss ich nur singen, wenn die Frauen zum Eierlikör-Kränzchen kommen. Mama trägt ihr blaues Kleid mit den großen Blumen. Sie sagt allen, dass sie mit diesem Kleid in einem Film ist, der genau zu dem Zeitpunkt in jenem Café in Opatija gedreht wurde, als sie dort saß. Deshalb schaut sie sich auch jeden Film im Dorfkino an, mittlerweile aber ist sie sich nicht ganz, aber ziemlich sicher, dass sie im Hintergrund des Marischka-Films zu sehen ist, in dem Hannerl Matz mit Adrian Hoven glückselig »in den Himmel hinein« tanzt. Sie rennt jetzt durch die Räume, um dieses oder jenes noch geradezurichten oder in Pose zu bringen. Diese gewisse Aufgeregtheit vor Besuchen kenne ich, ich bin sie bis heute noch nicht losgeworden.

Ich weiß, was kommt: Der Inspektor wird zuerst herumgeführt, auf eine gewollt beiläufige Art zeigt Mama ihm die schwarzen Fliesen unseres Badezimmers, dann muss er einen Blick in das sogenannte Herrenzimmer werfen. Wenn er den großen Fernsehapparat mit dem Segelschiff obenauf anschaut, wird Mama darauf hinweisen, dass die Schiffe überall auf den Fernsehgeräten ihr als Symbole des medialen Aufbruchs in die Welt gelten. Diese Bemerkung soll dem Gast ein beiläufiger Fingerzeig auf die intellektuelle Qualität der Gastgeberin sein. Ihm soll das große Bild mit der nackten jungen Blonden auffallen, das so dominant gehängt ist, dass er es nicht übersehen könnte, selbst wenn er halbblind wäre. Das Bild soll die Kunstsinnigkeit der Gastgeber und ihre Distanz zu jeglicher Kleinbürgerlichkeit demonstrieren. Papa ließ sich diese schreckliche, von unten herauf beleuchtete Halbnackte bei einem Wien-Ausflug von einem Straßenmaler am Rande des Donaukanals aufschwatzen. Eine junge Frau sitzt wie eine Hopper-Figur nackt und verträumt da. Mit dem Rücken zum Betrachter und halb verdrehtem Oberkörper sitzt sie so, dass man ihr halbes Gesicht, vor allem aber ihre wohlgeformte Brust sieht. Den Kopf richtet sie in eine über ihr liegende Ferne. Ein Licht strahlt sie an, das aus einem Zauberkessel unter dem Tisch kommen muss, auf dem sie sitzt.

Der Mensch lebt nicht vom Brot allein. Wer sich aus dem Dickicht der Kleinbürgerlichkeit erhoben hat, kauft Kunst – nur vordergründig nutzlos, denn die Nackte war im Ort schnell berühmt geworden. Sie hat das Ansehen meiner Eltern insofern gehoben, als die Leute sie einerseits zwar für Verschwender, andererseits aber auch für die Vertreter einer Welt hielten, die irgendwie unerreichbar und gescheiter, sauberer und unverständlicher war als ihr Alltag. Ich handelte mir einige Lutscher und Tarzan-Hefte bei

Freunden ein, denen ich heimlich die Nackte zeigte. Einmal nahmen wir ihre Maße: Da entdeckten wir, dass ihr sichtbarer Oberschenkel länger und dicker war als der gesamte Oberkörper.

Der Inspektor vermerkt die Nackte mit wissendem Grinsen und irgendeiner Bemerkung, bevor er in die Essnische zum Kaffee geführt wird. Unsere Essnische ist eine Aussichtswarte. Ein großer quadratischer Tisch füllt sie aus, rundherum eine Bank. Aus den Fenstern überblickt man den halben Ort. Wer immer sich bewegt, wird beobachtet: Ob der Herr Kupfer aus seinem Kaufhaus tritt, ob die Frau Lammer ihre Bartnelken gießt und die Frau Holler die Blaureben stutzt, wir sehen alles und wir wissen, dass die Abendmesse beginnt, wenn das Fräulein Grill mit eingezogenem Kopf über den Dorfplatz geht, aus Angst, es könnte sie jemand in ein Gespräch verwickeln. Sie ist unsere Organistin und lebt allein in einem riesigen blauen Haus mit einem Gemüsegarten und Weichselbäumen drumherum. »So wie die schaut und geht, kann sie kein Produkt von Leidenschaft sein«, hat unser Arzt einmal gesagt.

Die Besichtigungstour ist vorbei. Durch eine Durchreiche übergibt unser Hausmädchen der davor sitzenden Mama die Kaffeekanne. Der Inspektor genießt seine Wertschätzung. Zwischen dem einen und anderen Kompliment lässt er durchblicken, dass er sich für die Autos der Marke interessiert, die wir verkaufen. Mama trug mir nicht auf, am Tisch zu bleiben, aber ich blieb, weil ich auf ihren Auftritt wartete. Und wenig später ist es so weit. Sowie der Inspektor zur ersten Bemerkung über das raumbeherrschende Piano ansetzt, steht Mama auf, so als ob sie sich, von tausend Zurufen bedrängt, mit schmerzhafter Wollust ihrem Schicksal ergebe.

Nach einem kurzen Blick des Einverständnisses auf das Bild mit dem biedermeierlich unter einer Linde sitzenden Schubert, das über dem Piano hängt, hebt sie den Klavierdeckel und sitzt eine oder zwei Sekunden ganz still. Dann murmelt sie etwas kokett, aber auch wie gedankenverloren, so, dass der Gast es hören muss: »Brahms hat den Elefanten ein gefährliches Tier genannt, weil man aus seinen Stoßzähnen Klaviertasten machen kann.« Kurz lächelt sie noch, aber in der Sekunde darauf sieht sie uns schon nicht mehr. Sie lockert sich noch einmal und zieht an den Fingern beider Hände. Dann beginnt sie ansatzlos zu spielen.

Mit ihrem ganzen Körper spielt sie, der Brustkorb geht rhythmisch vor und zurück, den Kopf hält sie einmal gerade, dann neigt sie ihn, als müsse sie in die Tasten hineinhören. Ihre Finger tanzen, einmal hebt sie die Hände hoch, dann lässt sie sie sinken, die Füße drücken die goldenen Pedale. Und obwohl ich noch ein Bub bin, merke ich genau, wenn sie nach den ersten Takten des vollkommenen Eintauchens in die Musik in die Darstellung von Musik übergeht, in das Programm *Virtuosin am Klavier.* Ihr Gesichtsausdruck wird etwas melancholisch und selbst der kälteste Gast fühlt, dass sie sich jetzt einem zarten Schleier hingibt, der sich mit all ihren Talenten aus den Niederungen des profanen Alltags erhebt und in das Elysium flattert, in jenen Ort, der ihr eigentlich bestimmt ist, auf den sie verzichtet hat, für uns, ihre Lieben.

»Ich habe die Staatsprüfung in Klavier«, sagt sie einmal in ihr Spiel hinein, sie lässt den Satz so beiläufig fallen wie den über das Segelboot am Fernsehapparat. Aber sie weiß, dass sie erklären muss, weil sie sicher ist, dass der Gast staunt. Ich liebe sie, weil sie so gut spielt und so schön ist. Sie deutet mir in diesen Momenten eine noch unbekannte Welt an, die ich auch in meinen Büchern ahne.

Jahrzehnte später rief ich sie an, wenn ich von Wien zu einem Besuch nach Hause unterwegs war, und bat sie, für mich am Abend, bevor ich wieder aufbräche, am Klavier Brahms zu spielen. Sie tat es immer, und ich war oft nur deshalb gekommen, um abends, wenn sich alles beruhigt hatte und Papa im Bett lag, eine kurze Zeitlang neben ihr am Klavier zu verbringen. Bei jedem ihrer Auftritte vor Gästen spielte Mama immer dasselbe Stück, dieselbe Melodie, *In stiller Nacht,* das Volkslied von Johannes Brahms. Und immer sang sie am Ende, fast unter Tränen, die letzten Textzeilen mit: »Die wilden Tier' trau'rn auch mit mir in Steinen und in Klüften.«

Wenn sie für mich allein spielte, durchwanderte sie nach dem Brahms ein großes Repertoire von Volksliedern oder klassischen Stücken, und dabei riskierte sie durchaus Fehler, die der mangelnden Übung und dem Vergessen geschuldet waren. Manche Stücke begann sie mehrmals, um hineinzufinden, dann wieder setzte sie ab, wenn sie nicht weiterfand, oder ihr Gesicht hellte sich auf, weil sie eine altbekannte Passage wieder gefunden und einigermaßen fehlerlos gespielt hatte. Alles kommentierte sie, zu vielen Stücken erzählte sie Geschichten, von ihrer Klavierlehrerin, von den Nonnen ihres Internats, von Freundinnen. In diesen Abendstunden lebte sie die Musik, ganz uneitel, sie schloss mich ein und war nicht Darstellerin. Das waren Momente, in denen es mir schwerfiel, von zu Hause wegzufahren.

Wenn ich viele Jahre später Kommunikationsseminare abhielt, präsentierte ich meinen Hörern als Beispiel für authentisch glaubwürdige Kommunikation den virtuosen Klavierspieler, der in keiner Sekunde an seine Haltung oder Kleidung denkt, der so radikal in seiner Musik aufgeht, dass er unbewusst Grimassen schneidet, für die man ihn verlachen würde, wenn er sie ohne Musik machte. So muss man reden, sagte ich immer, nur den Inhalt leben und nicht an Pausen, Modulationen und Inszenierungen denken. Das ist ein Ausdruck von Liebe, und Kommunikation ist Liebe.

Der mexikanische Dichter Octavio Paz meint das Gleiche, wenn er die Parabel vom ungebildeten alten Mann in Tibet erzählt, der jeden Abend zu seiner Göttin Tara ein sehr fehlerhaftes Gebet betet. Jeden Abend erscheint ihm die Göttin. Eines Tages machen die Gelehrten den alten Mann auf die vielen Fehler in seinem Gebet aufmerksam. Der alte Mann betet die fehlerlose Fassung des Gebets, die ihm die Gelehrten angefertigt haben, und die Göttin erscheint ihm nicht mehr. So war das mit Mama, wenn sie von der Inbrunst am Beginn ihres Spiels am Klavier auf die Schiene der Darstellung einer virtuosen Klavierspielerin wechselte.

So zart war Mama nicht immer. Sie war der Chef im Haus. Sie war eine kraftvolle Frau. Sie regierte geschickt, nahm Papa nie das Gesicht, einige wenige Male aber war sie hart, wenn er sich etwa zu sehr in die schulischen Belange von uns Kindern einmischen wollte, was er äußerst selten tat. Das Gymnasium, das Internat, in dem wir Brüder lebten, das war ihre Kernkompetenz. Sie ließ keine einzige Sprechstunde aus. Da war sie so unnachgiebig wie zum Zeitpunkt, als die frischgebackene Führerscheinbesitzerin bei der Jungfernfahrt nach einer Schreiorgie Papas aus dem Auto stieg und zeitlebens nie mehr ein Auto lenkte. Das war dieselbe Frau, die ihm zuliebe aber auch lächerlich unmodische Damenshorts trug, die sie hasste, weil sie den kurzen weiten Shorts der englischen Militärs ähnelten.

Ansonsten sehe ich Mama in meiner Erinnerung vor allem mit der grünen Handkassa in der Werkstätte stehen. Diese Handkassa war ihr Zepter, das Insignium ihrer Macht. Sie trug sie so, wie die Frauen damals ihre Handtaschen an sich drückten, wenn sie, meistens zu zweit, auf die Toilette gingen. Oder wie die jungen Leute heute das Handy tragen. Oder wie die Couch-Potatoes, die während des ganzen Fernsehabends die Fernbedienung nie aus der Hand geben. Kontos waren in den fünfziger Jahren bei uns noch nicht üblich, alle Geschäfte wurden bar abgewickelt, und mit der Gesamtorganisation von Haushalt und Geschäft lagen natürlich auch unsere Finanzen in ihrer Hand. Ihr Hauptberuf als Lehrerin lief so nebenbei. Und dennoch war sie überaus beliebt, bei Kollegen, Eltern und Schülern, die sie noch jahrelang nach ihrem Schulaustritt besuchen kamen. Sie war streng, aber immer fröhlich und mit absolutem Pragmatismus gesegnet. Ich weiß, dass sie die Kinder in deren eigenen Maßstäben schulte und nach deren Kompetenzen forderte. Ihr Leitspruch: »Talente können nur wachsen, wenn man sie gießt.«

Neben einem gewissen Hang zur Selbstdarstellung verdanke ich meiner Mutter die Liebe zur Sprache. Beides hat mir in meinem späteren beruflichen Leben nicht unbedingt geschadet. Ganz beiläufig hat sie mir diese Sprache fehlerlos mitgegeben, so wie sie mich schon als Kind ganz absichtsvoll bei der

Deutschen Buchgemeinschaft angemeldet hat und mir dazu die Monats-Jugendzeitschrift *Die Rasselbande*, und, als ich etwas älter wurde und wünschen durfte, die Theaterzeitschrift *Die Bühne* abonnierte. Huckleberry Finn, Winnetou, Robinson Crusoe, Siegfried, Eulenspiegel und Münchhausen, dazu die Fabel- und Sagenwesen, sie alle verdanke ich der Ernsthaftigkeit, mit der Mama ihr Motto, Talente zu gießen, ständig in die Tat umsetzte. Auch später noch, als ich lange schon aus dem Haus war, durfte ich in der größten Grazer Buchhandlung ein offenes Bücherkonto benutzen, das sie, die finanziell äußerst streng zu mir war, ohne Aufhebens abdeckte.

Sie förderte meine Leselust derart gezielt, dass sie mir während des Studiums mehrmals tagelange Lektüre-Aufenthalte in einer Pension auf einer Alm bezahlte. An anderer Stelle werde ich berichten, wie sehr der Fußball möglicherweise ein Grund für mein Studium der Anglistik gewesen sein mag. Hier will ich anmerken, dass Mama ganz sicher der Turbo für meine Liebe zur Literatur und zum Germanistikstudium war. Und ich muss dazusagen: Hätte ich mich, was ich auch überlegte, für das Schauspielstudium entschieden, wäre sie auch dafür hauptverantwortlich gewesen – allein schon durch ihr egomanisch-egozentrisches Vor-Leben.

Ihr Leben lang war sie eine großartige Schauspielerin, so intensiv, dass sie in ihren verschiedensten

Rollen echt geworden war. Sie hätte aber alles getan, um mich vom Schauspielberuf abzuhalten, weil es dafür keinen akademischen Titel gibt.

Ihr Motto, das mich ein Leben lang begleitet hat, mag für einen Bühnenmenschen besonders gelten, es lautete: »Lass dich nie gehen!« Und sie meinte das Äußere und das Innere, das Gesamthafte einer Persönlichkeit, wenn sie dazusagte: »Du musst immer Haltung bewahren!«

Mein ganzes Leben war mir das wichtig. Für mich war und ist Haltung, dass ich mir und meiner Umwelt immer klargemacht habe, wozu ich Ja sage und womit ich nicht einverstanden bin. Menschen, die das nicht tun, mag ich nicht. Dazu verlache ich die Beckmesser, die egomanischen Besserwisser und Klugscheißer, die auf alles eine Antwort wissen. Menschen, die die Welt nie angeschaut, aber eine Weltanschauung haben. »Wer zeitlebens nur in der Erbsensuppe schwimmt, glaubt, dass die Welt grün ist«, hat der schon zitierte Arzt unseres Dorfes gesagt, der ein guter Mensch war, ein weiser Philosoph und ein herrlicher Trinker.

Die überzogene Bedeutung, die Mama meiner Bildung zumaß, ist ganz zweifellos auch die Ursache dafür, dass ich zeitlebens der geistigen Arbeit unverhältnismäßig hohe Bedeutung gab. Für meine Eltern war es nie, auch nicht andeutungsweise, eine Option, dass ihr Kind sein Leben mit »schmutziger« Arbeit verbringen müsste. Niemals kam ihnen in den Sinn, dass ich als Nachfolger ihr Geschäft übernehmen könnte. Körperliche Arbeit wäre gleichbedeutend mit Scheitern gewesen, genauso wie Schulbesuch ohne Matura und Universitätstitel. Daraus resultierte vor allem in meinen unreiferen jüngeren Jahren eine ziemlich ignorante, ja überhebliche Minderschätzung des Lohnerwerbs durch körperliche Tätigkeiten.

Im Mittelpunkt von Mamas Arbeitsleben stand das Geschäft. Das führte sie quasi im Alleingang, sehr dominant, um nicht zu sagen *autoritär*. Die Gesellen und die Lehrlinge, ja auch die Kunden, wussten genau, an wen sie sich wenden mussten. Papa stand irgendwie über den Dingen. Mamas Regentschaft, die durchaus verletzend sein konnte, ging so weit, dass sie unsere Beschäftigten wie eine Schulklasse führte. Jedem unserer Lehrlinge gab sie beispielsweise einen Vornamen ihrer Wahl, nachdem sich herausgestellt hatte, dass fast alle Franz oder Hans hießen. Den meisten wurde Mamas Wahlname so zur zweiten Haut, dass sie ihn nie mehr ablegten. Vor einiger Zeit habe ich einen ehemaligen Lehrling unserer Werkstätte getroffen, dessen Frau ihn mit dem Vornamen ansprach, den ihm meine Mutter damals gegeben hatte. Er selbst hatte sich so sehr daran gewöhnt, dass er seinen getauften völlig aufgegeben hat.

Aus dem ursprünglichen Handel mit landwirtschaftlichen Maschinen war mit den Jahren eine

Kfz-Werkstätte zuerst mit angeschlossenem Fahrrad- und Motorrad-, später dann mit Autohandel geworden. Dazu kam eine Tankstelle, die eigentlich Tag und Nacht geöffnet hatte. Im südsteirischen Agrarland gab es nicht die Zeitstrukturen wie im obersteirischen Industriegebiet. Es gab nicht die Teilung in Arbeits- und Freizeit, in Tag- und Nachtschicht, in Urlaub und Dienst, wie ich es bei den Bergknappen im obersteirischen Fohnsdorf kennenlernen sollte. Bei uns im Süden war die Arbeitszeit stark von Wetter, von Vieh- und Getreidewirtschaft bestimmt. An anderer Stelle werde ich darauf eingehen. Es gab weder Betriebsräte noch Arbeitsrecht, und das, was es gab, hatte sich bei uns noch nicht herumgesprochen, weder bei den Unselbstständigen noch bei den selbstständigen Bauern, Handwerkern und Händlern. Unser Geschäft war sozusagen immer offen, die Leute kamen, wann sie Zeit hatten, und die Tankstellenglocke wurde zu jeder Nachtzeit geläutet, auch am Sonntagmorgen, worauf Mama aus dem Badezimmer rief: »Irgendwer muss zur Tür, ich bin noch in der Kombinesch!«

Unser Haus war immer offen, immer waren Leute bei uns. Immer waren Kunden da oder »Schauer«, die sich stundenlang still verhielten. Sie standen nur da und schauten zu. Mama nannte sie eben »Schauer«. Diese Schauer traten bei uns überall auf. Sie standen bei Festen herum. Sie stierten die Tänzerinnen und Tänzer auf den Bällen an. Bei Hochzeiten, Unglücksfällen, Arbeiten oder Versammlungen – überall traf man die Schauer an. Einer unserer bekanntesten Schauer war der Müller Lipperl, ein Behinderter, der nicht gehen, sondern nur hopsen konnte. Geistig war der etwa Vierzigjährige auf der Stufe eines Vorschulkindes zurückgeblieben. Er war absolut harmlos und lächelte immer unter seinem Hut hervor. Er war den ganzen Tag unterwegs, überall konnte man ihn treffen, und überall bekam er dies oder das. Mutwillige erfreuten sich auf Festen daran, ihn mit Alkohol abzufüllen.

Besonderen Andrang gab es in unserem Haus in einer Phase Mitte der fünfziger Jahre, als das Fernsehen zu uns kam. Wir waren unter den Ersten, die einen Fernsehapparat hatten. Das machte uns zur kleinen Sensation. Immer wenn die Löwinger-Bühne lief, mit ihrem Star Paul, der stets den Dodel spielte, kamen Trauben von Freunden ins Haus. Sie brachten Getränke mit, nicht selten endeten diese Fernsehabende lange nach der täglichen Programmschluss-Bundeshymne. Ich durfte damals nur selten fernsehen. Aber ich erinnere mich an die Sendung *Zur Weltlage spricht Vincenz Ludwig Ostry*.

Ich war ja fast ein ganzes Arbeitsleben lang TV-Journalist und lächle heute natürlich darüber, wie man damals Fernsehen ohne Bilder für Seher machte, die noch Zeit und keine Auswahlmöglichkeiten hatten: Geschlagene fünfzehn bis dreißig Minuten redete der alte Mann in die Kamera, undeutlich und überklug. Die Leute wurden nicht dort abgeholt, wo sie waren. Sie wurden belehrt, missioniert und indoktriniert. Das Fernsehen war damals total in sozialistischer Hand. Der verstorbene Vincenz Ludwig Ostry verzeihe mir, aber heute wäre er der personifizierte Ausschalt-Impuls.

Für unsere nächsten Nachbarn gab es noch einen Grund, zu uns ins Haus zu kommen. Wir waren unter den Ersten, die ein Telefon hatten. Wir hatten allerdings nur einen sogenannten Viertelanschluss, daher war es oft sehr schwer, eine freie Leitung zu bekommen. Für mich war später im Internat die Möglichkeit des *Rückgesprächs* ein Segen. Der einbeinige Portier döste den ganzen Tag vor sich hin. Er war glücklich, wenn er für mich oder einen Mitschüler nach dem Abendessen ein Rückgespräch nach Hause anmelden durfte. Während des viertel- bis halbstündigen Wartens auf das Gespräch musste ich mir die Ergebnisse seiner Tagträume anhören. Dann, als Mamas Rückruf mich erlöste, konnte er seine Ohren nicht genug spitzen, um jedes Detail meines Gesprächs mitzukriegen. Er ließ mich nicht gehen. Neugierig insistierend interviewte er mich zu den Inhalten meines Telefonats. Der Invalide lebte von den Geschichten der Heiminsassen, die seine aus der Zeit gefallene Loge zum Telefonieren aufsuchten. Er tat mir leid. Aber ich dachte auch an das

Bild der Fliegen, die auf den Klebebändern über den Tischen einen qualvollen Tod starben. Immer schon wollte ich eine Geschichte über diesen Mann schreiben, es ist nie dazu gekommen. Jetzt sei er erinnert. Es gibt so viele Menschen, die keine Anstalten treffen, wie Forest Gump die Fesseln der Bewegungs-Unfähigkeit abzustreifen. Im besten Fall verfetten sie nur. Im Regelfall aber werden sie missgünstige und neidische Lebens-Zuschauer, Be- und Verhinderer aller Lösungen und Chancen, die ja immer Bewegung erfordern.

Am Eingang der Samaria-Schlucht auf Kreta saß ein Mann von solcher Fettleibigkeit, dass er sich kaum bewegen und nur noch schwer atmen konnte. Als ich ihn beim Bezahlen meines Eintrittspreises in ein Gespräch verwickelte, merkte ich, dass er die Wanderer hasste, die durch die Schlucht gingen, aber »so lange sie sich das antun, stundenlang durch die Schlucht zu gehen und dafür noch zu zahlen, soll's mir recht sein«, sagte er schnaufend.

Nur selten gab es zu Hause gemeinsame Mittagessen, zumeist aß entweder nur Mama oder nur Papa mit uns Kindern, einer war immer im Geschäft, jeder aß eigentlich dann, wenn er Zeit hatte. Wir aßen die typischen billigen Nachkriegsmenüs aus der »Mampfer«-Küche mit viel Kohlehydraten und Schmalz. Wir aßen Tiroler Gröstl und Schinkenfleckerln zu Mittag, Grießkoch und Milchreis am Abend, als Schuljause gab es einen durchtränkten Schmalzbrot-Doppeldecker mit einem Apfel als deklarierter »Gesundheitsbeilage«. In dieser Einfachheit mag auch der Grund zu finden sein, warum ich, der ich zeit meines Gymnasial- und Arbeitslebens fast immer gern und genügsam Internats- und Kantinenessen gegessen habe, auch als es mir sehr gut ging, nie Wert auf kulinarische Sterne gelegt habe. Mama nannte mich immer einen »dankbaren« Esser.

Ich habe kultivierte Genießerkultur nie gelernt, sondern immer, damals wie heute, nur gegessen, um satt zu werden. Dazu bin ich ein rasend schneller Esser geworden. Diese kulinarische Schlichtheit hat mir auf meinen vielen Reporterreisen, in denen es auch darum ging, das Vertrauen von Menschen sehr fremder Kulturen zu gewinnen, sehr geholfen. In einem Dorf in Burkina Faso wurde ich auf Zuckerrohrratte eingeladen, der Bürgermeister eines Dorfes im nordvietnamesischen Hochland bot mir Kröten an, ganz frisch aus dem heißen Wasser gezogen, in das sie kurz zuvor getaucht worden waren, nachdem der Mann deren Köpfe mit einer Schere abgeschnitten hatte. Ich habe Schlangen, lebende Fische, Ziegenhoden, fetttriefende Kalbsköpfe und weiß Gott was sonst noch alles gegessen – dort, bei den Massai in Tansanias Serengeti, in den Lehmziegeldörfern der Bobos, bei den Hmong in Laos, in Patagonien, Manaus und in der Mongolei war mir das mit einiger Überwindung möglich. Hier, in unseren

Breiten, würde ich mich eher erschießen lassen, als eine vietnamesische Kröte zu verspeisen.

Kochen war absolut nicht Mamas Sache. Küchenanlaufstelle war unser Hausmädchen, das sich unsere Eltern von Anfang an geleistet hatten. Die Dienste solcher Mädchen waren damals, als man auf die Ausbildung der Mädchen auf dem Land noch wenig Wert legte, überaus billig, zumal sie bei uns stets Zimmer und Kost bekamen, also ganz bei uns wohnten.

Die letzte, die wir hatten, hieß Lore. Sie war mit vierzehn Jahren »zu uns gegeben« worden, als fünfzehntes Kind einer ziemlich heruntergekommenen Alkoholikerfamilie. Ob ihrer zunehmenden Skurrilität wurde sie nicht nur zu unserem allseits geliebten Faktotum. Im ganzen Dorf wurde sie rasch bekannt, weil sie überall mitmachte, selbst beim Fußballverein, dessen Zeugwartin und Kassierin sie viele Jahre lang war. Für die geschlechtsfähigen Burschen des Dorfes war sie immer eher Kumpel denn Objekt der Begierde. Von niemandem ließ sie sich was gefallen. Wenn man ihr zu nahe kam, konnte sie sehr ruppig werden. Sie hatte den zupackenden Charme einer abgebrühten Marketenderin und führte Küche und Haushalt mit »eisernem« Besen. »Herr Chef, das wird weggegessen!«, sagte sie sehr bestimmt, und Papa, der seine Suppe schon weggeschoben hatte, griff wieder nach dem Löffel. Nachdem ich maturiert hatte, platzierte sie überall im Dorf den befreienden Seufzer: »Bin ich froh, dass ich den durch die Matura 'bracht hab!«

Als unsere familiäre »Außenpolitikerin« legte Mama ihrem Naturell gemäß allergrößten Wert auf Imagebildung. So wie sie unser Sein organisierte, so kümmerte sie sich auch um den Schein. Wenn Papa einmal laut wurde, war ihre erste Reaktion nicht seine Beruhigung. Sie schaute sofort, ob Fenster und Türen geschlossen waren. Es durfte nichts nach außen dringen. Die Darstellung der erfolgreichen und heilen Welt betrieb sie sehr offensiv. Das war ihre Kernkompetenz, die sich auch körpersprachlich äußerte: Wann immer sie sich an einen Tisch setzte, strich sie mit beiden Händen die Fläche vor sich glatt und frei, mehrmals und konzentriert.

Das tat sie auch regelmäßig zu Beginn der »Damenabende«, zu denen sie eine Zeitlang die angesehensten Frauen des Dorfes einlud. Das kannte man im Dorf nicht, und das führte dazu, dass diese Abende bald ziemlich mystifiziert wurden. Die Damen überboten einander in Erzählungen, die die Lichter unter ihren Scheffeln hervorholten und ihre Männer, Kinder und sie selbst erstrahlen ließen. Es war eine große Ehre, zu diesen Treffen eingeladen zu werden. Die Frauen kleideten sich schön, von Mama bekamen sie Expertisen zu Erziehung, Bildung, Kunst und Weltgeschehen. Es waren Tratschrunden, bei denen ich immer dabei war, und wenn eine der Damen sagte, dass ich so schöne blaue Augen hatte, was öfter vorkam, dann schlug meine Mutter, wie ich, die Augen nieder und bat mich, den Frauen ihren Lieblingsschlager vorzusingen, *Wenn die Glocken hell erklingen.* Ich wollte damals Schlagersänger werden, falls ich als Entdecker oder Schiffskapitän scheitern sollte. Deshalb kannte ich alle gängigen Schlagertexte, von Pat Boones *I'll be home* über Freddys *Heimatlos* bis zur *Ramona* der Diamonds. Ich war Stammhörer von *Vergnügt um elf* und von *Tanzmusik auf Bestellung* mit Pert Oberhauser oder Gertrude Kellner, die beide später meine Kollegen werden sollten. Ich ließ mich nie lange bitten, da mir Mama am nächsten Tag dafür vereinbarungsgemäß die *Wunderwelt* kaufen würde. Ich stellte mich vor den Tisch der Damen und faltete meine Finger zur Raute, Jahrzehnte bevor Angela Merkel damit berühmt wurde. Dann blickte ich – instinktiv eine künstlerische Spannungspause errichtend – wehmütig in eine imaginäre Ferne, genauso wie unsere nackte auf dem Bild im Herrenzimmer oder Caterina Valente. Und dann sang ich drauflos:

»Wenn die Glocken hell erklingen,
und der Sommer geht durchs Land,
dann beginnt mein Herz zu singen …«

So trug ich mich schon im frühen Kindesalter als bezahlter Troubadour zu Markte, und während ich mit meinen schönen blauen Augen dazu rollte, nippten die Damen am Eierlikör, der damals das Getränk der dörflichen Hautevolee war. Keine der Frauen wagte es darauf hinzuweisen, dass der Eierlikör immer ungenießbarer wurde. Irgendwann einmal aber kam es auf: Unsere Lore hatte den Alkohol lieben gelernt. Permanent und schluckweise konsumierte sie in den Tagen zwischen den Damenkränzchen den bereitgestellten Göttertrank, der gelb blieb, obwohl sie den Fehlbestand ständig mit Wasser auffüllte.

Als Mama 89 Jahre alt und noch immer kerngesund und rüstig war, lud ich sie zu einer Geburtstagstour ein, die uns zu einigen wichtigen Stätten ihres Lebens führte. Wir trafen in dem Ort, wo sie ihre Erstanstellung als Lehrerin hatte, einen Mann, dem sie vom Hörensagen bekannt war. Wir besuchten ihr Geburtshaus, das Ursulinen-Internat in Graz, in dem sie aufgezogen wurde, nachdem sie mit vierzehn Jahren Vollwaise geworden war. Und da fielen mir die schönen Momente ein, wenn sie mit mir Halma spielte.

Dieses Spiel hat sie geliebt, weil es für sie die Brücke in ihre Kindheit bei der Großmutter war. Eine »Zurück-Ahnung« in die wohlige Wärme ihres damals schon sehr amputierten familiären Nestes. Die Waise hatte es mit ihrer Oma oft gespielt, Mama war unschlagbar. (In dem Spiel muss man seine fünfzehn Kegel möglichst schnell von seinem »Haus« in das vom Gegner besetzte gegenüberliegende Haus bringen. Jeder Spieler hat abwechselnd einen Spielzug. Bei jedem Spielzug darf ein Kegel bewegt werden. Man darf eigene und Gegner-Kegel überspringen und durch geschickte Strategie kann sich ein Spieler längere Sprungfolgen aufbauen, sodass er unter Umständen längere Strecken zurücklegen kann.) Mama war da großartig, und es war herrlich zu sehen, welche Freude sie am Halma-Spiel hatte. Ich bin davon überzeugt, dass ihre Freude aus der Erinnerung an ihre Familien-Seligkeit mit der Großmutter resultierte. Wenn es ihr gelang, sich eine lange Sprungfolge aufzubauen, dann inszenierte sie die kommenden Hüpfer mit dem immer gleichen Ritual: Sie hob ihren Kegel hoch und sang den ersten Vers des Chansons *Oh mein Papa*, und zwar sehr theatralisch: »Papa wie ein Pfeil sprang hinauf auf die Seil!« Danach sang sie weiter und bewegte die Hand mit dem Kegel rhythmisch dazu: »… eh la hopp, eh la hopp, eh la hopp …«

An unserem unmittelbaren kulturellen Jahreslauf mit seinen Festen und Prozessionen war Mama nicht interessiert. In unserem Haus gab es keine Blumen, keinen Adventkranz, keine Palmbuschen und keine Allerheiligenstriezel. Aber Mama hatte einen großen Fundus an Gedichten, neben der klassischen Klavierliteratur kannte sie sämtliche Volkslieder. Von den Wiener Liedern und Operettenarien wusste sie zumindest die ersten Zeilen. Ob sie *Wohl in der Wiederschwing* oder *Im Prater blüh'n wieder die*

Bäume sang, immer sah man, wie sie sich im Vortrag dieser Lieder sonnte. Sie bezog ihre Kraft aus der Anerkennung durch ihr Umfeld. Sie war wie ein Teich, der in der Sonne zu glitzern beginnt. Das war Veranlagung und Schicksal: Der Umstand, mit vierzehn Jahren bereits Vollwaise gewesen zu sein, mag sie sehr früh gelehrt haben, dass man Aufmerksamkeit für sich einfordern muss.

Auf Mamas Geburtstagsfahrt besuchten wir sechs ihrer »Lebensstationen«, und überall traf sie Menschen, die sie sofort ansprach. Es war eine *sentimental journey*, und es war mehr ein Geschenk für mich als für sie, zuzuhören, wie sie mit ihren zufälligen Gesprächspartnern Gemeinsames ausgrub. Sie war rüstig und kerngesund und keineswegs müde, als wir nach unserer letzten Station Rast in Mariazell machten. Dort sagte mir meine 89-jährige Mutter, dass sie den Fahrer nicht mehr wolle, der sie ab und zu in Papas Auto kutschierte, weil dessen Frau so eifersüchtig auf sie sei. Auf meine Frage, ob es Grund zur Eifersucht gebe, hob meine Mutter nur ihre Schultern, so, als ob es besser sei, darüber zu schweigen, worüber man nicht reden könne. Daraufhin habe ich ihr ein Lebzeltherz gekauft.

II.

Kokospalme und Ahorn

Die meisten Namen dieses Buches sind ebenso fiktiv wie die meisten Personen und Orte. Die Personen sind bis auf wenige Ausnahmen Prototypen. Sie stehen beispielhaft für individuelle Ausprägungen eines Menschenschlags, den ich für regionalspezifisch halte. Zumeist fließen viele Vorbilder zur Zeichnung meiner Personen zusammen, aber manche Leute schildere ich auch direkt, sozusagen eins zu eins nach konkreten Vorbildern aus meiner Kindheit. Es geht um zumeist bäuerliche Menschen, die im Hügelland leben, zwischen Mischwäldern, Äckern und Bachläufen. Bis vor Kurzem lebten sie noch im Schatten einer hermetisch abgeriegelten kommunistischen Welt. Es sind keine urbanen, polyglotten Menschen. Es sind kräftige hemdsärmelige Frauen und Männer einer rollenfixierten Körperwelt, deren wirtschaftliche Strukturen so kleinteilig waren, dass ich durchaus die Parabel vom Eichhörnchen anwenden möchte, welches sich mühsam nährt. Ich nehme mir jede literarische Freiheit, um der Wirklichkeit möglichst nahe zu kommen. Manche der Orte und Landschaften nenne ich mit ihren richtigen Namen, andere habe ich umgetauft.

Es dürfte Ihnen nicht schwerfallen, den Namen meines Dorfes herauszufinden. Ganz ohne große Recher-

che. Denn natürlich ist Ihnen schon aufgefallen, dass ich mein Dorf nirgendwo namentlich nenne. Das entspringt meiner Intention, mein Dorf stellvertretend für alle Dörfer unserer ländlichen Welt zu stellen. Mit diversen kulturellen, wirtschaftlichen und klimatischen Eigenheiten könnte mein Dorf überall stehen. In Südostasien pflanzt der Bauer auf seinem Baugrund eine Kokospalme. Erst wenn er sich überzeugt hat, dass sie gedeiht, baut er sein Haus. Dasselbe haben die Bauern früher bei uns gemacht, mit dem Ahorn statt der Palme. Die menschlichen Grundmuster ähneln einander, in Afrika wie in Australien, in Europa wie in Asien, in Nord- wie in Südamerika. Spezifische religiöse Bräuche, die Gläubige bei uns pflegen, finden sich bei Menschen völlig anderen Glaubens in sehr fernen Gegenden wieder – nur wenig umgewandelt.

Der Moslem beruhigt und beschäftigt seine Hände mit der Gebetsschnur. Gläubige unserer christlichen Welt nehmen dafür den Rosenkranz. Die Massai tragen Stöcke. Die Fulbe lassen ihre Hände mit dem Süßholz spielen. Der Raucher leitet Nervosität in die Zigarette. Kirchliche und weltliche Regenten tragen Zepter. Als Fernsehmoderator, der ich jahrzehntelang war, habe ich in jeder Sendung mit Skriptum oder Kuli in der Hand moderiert. Alle »öffentlichen Menschen« unserer medialen Welt greifen zu Brillen und Kulis, um ihre Hände zu beruhigen und kompetent zu wirken. Das führe ich als nur eines von vielen Beispielen für das gro-

ße gemeinsame Netz an, nach dem sich das menschliche Verhalten überall in der Welt, auf dem Land und in der Stadt, in Abwandlungen orientiert. James George Frazer, weltberühmter schottischer Anthropologe, spricht vom »Goldenen Zweig«, auf den sich alle religiösen und magischen Praktiken dieser Welt zurückführen lassen. Mein Dorf ist hier Synonym für den »Goldenen Zweig« aller Dörfer dieser Welt. Es steht überall.

Alois Kothgasser, Bischof von Tirol und Erzbischof von Salzburg, Franz Dobusch, der 25 Jahre lang Bürgermeister der Stadt Linz gewesen ist, und der bekannte Fernsehkoch Alois Lafer – sie sind prominente Söhne meines Dorfes. Vor einigen Jahren waren sie ins Dorf gekommen. Auf Einladung des Bürgermeisters durfte ich mit ihnen, meinen ehemaligen Kindheitsfreunden, auf dem Podium des überfüllten Gemeindesaals über Heimat diskutieren. Diese Diskussion fand mitten in der großen Flüchtlingswelle statt, als das öffentliche Bewusstsein gegenüber Migranten kritisch zu werden begann. Das machte sie besonders aktuell, und mich freute, dass es neben den Versuchen, den belasteten Begriff Heimat zu definieren, auch sehr stark darum ging, wie man Heimat nicht nur haben, sondern auch geben könne.

Auf meinen Irland-Aufenthalten bin ich dem Phänomen der vielen schmucken Häuser begegnet, die an idyllischen Plätzen zum Verkauf standen. Es waren die Häuser von Iren, die in die USA ausgewandert waren. Während sie fort waren, kauften sie in ihrer alten Hei-

mat Grundstücke. Auf diesen zumeist sehr idyllischen Plätzen auf dem Land errichteten sie Häuser, in denen sie ihren Ruhestand verbringen wollten. Als sie aber nach Hause kamen, mussten sie feststellen, dass sich ihr Lebensrhythmus, ihre Interessen und Bedürfnisse zu sehr gewandelt hatten. Sie fühlten sich dem stillen ereignislosen Landleben entwachsen. Sie vermissten die gewohnte Infrastruktur, Veranstaltungen und abwechslungsreiche Begegnungen.

Auch bei uns begann in den 1950er-Jahren die Abwanderung. Die Agrargesellschaft wandelte sich in eine Dienstleistungsgesellschaft um, ein Prozess, der heute noch andauert. Die jungen Leute zogen der Arbeit nach, in den Westen Österreichs oder in die Fabriken der urbanen Großräume Graz und Wien. Auch sie bauten sich zu Hause Häuser für den Ruhestand. In den Kabaretts machte eine Pointe die Runde, die vom Land-Menschen berichtet, der in die Stadt zieht, um dort das Geld für den Ruhestand am Land zu verdienen. Einige kamen auch wirklich zurück, aber sie waren andere geworden. Die Unabhängigkeit vom Wetter, die Vorteile geregelter Einkommen und Arbeitszeiten, reizvolle Unterhaltungsangebote und neue Gesichter hatten sie verändert und neue Bedürfnisse in ihnen geweckt.

Jetzt, da es wieder Mode zu werden scheint, sich am Land anzusiedeln, entdeckt die Politik, welch Fehler es war, das Land auszudünnen. Die meisten Dörfer auf dem Land leiden unter dem Rückzug des Staates. Die

Bewohner fragen sich, weshalb sie Steuern zahlen, wenn sie weder eine Polizeistation noch ein Postamt noch eine Bankfiliale haben. Der Kaufmann, der Fleischhauer und der Bäcker haben aufgegeben. Die Nahversorger werden vom Supermarkt ersetzt, der irgendwo draußen auf der Wiese steht, so weit weg, dass man ein Fahrzeug braucht. Riesige asphaltierte Parklätze rund um diese »Einkaufszentren« sorgen für zusätzliche und beängstigende Bodenversiegelung. Der Boden kann den Starkregen nicht mehr absorbieren. Und nicht nur das: Der Verdrängungswettbewerb der Handelsketten macht Bauernarbeit zur Billigware. Zweitwohnsitze, die monatelang leerstehen, dünnen das Landleben aus. In meiner Kindheit gab es neben den Scherenschleifern noch mobile Kaufleute, die die Menschen versorgten. Mit ihren Bussen zogen sie bis in die letzten Enden der Täler, hupten einige Male laut, und die Frauen kamen aus ihren Häusern und bekamen Gelegenheit zu einem kleinen Tratsch, wenn sie zum Waschpulver noch eine Mantelschürze, ein Fläschchen Kölnischwasser oder eine Tube der rosaroten Tokalon-Hautcreme für sich selbst kauften. Das schlechte Gewissen beruhigten sie mit der zusätzlichen Ausgabe für einige Salamischeiben, die der Mann am Abend als Überraschung serviert bekam.

Die Gasthäuser sterben. Die Leute sind zunehmend Einzelne geworden. Sie igeln sich abends vor ihren Fernsehapparaten ein. Cocooning *ist ein gesellschaftspolitischer Standardbegriff geworden. Wenn sie heute in den Dörfern zusammenkommen, dann mit dem Billigbier im Fußballer-, im Feuerwehr- oder im Blasmusikheim. An die Stelle authentischer Gasthäuser sind ebenso sterile wie primitive* Tankstüberl *getreten. Es wird immer schwieriger, einen Arzt, geschweige denn einen Facharzt ins Dorf zu bekommen. Für die älteren Menschen werden die Wege immer länger, aber dem Staat fehlt das Geld für den letztlich unrentablen Ausbau der Verkehrswege. Immer weniger Menschen engagieren sich in den Gemeinden politisch, bald schon werden wir Probleme bekommen, Bürgermeister und Volksvertreter zu finden, Leute, die sich für andere einsetzen, um sich von denen dann beschimpfen zu lassen.*

Die Differenz zwischen Stadt- und Landbevölkerung wächst, bildungsmäßig, kulturell und politisch. Der amerikanische Journalist Ezra Klein beschreibt das am Beispiel der »gespaltenen Staaten von Amerika« in seinem aktuellen Buch Der tiefe Graben.

Erwachen am Bach

Gern wandere ich durch vertraute Landschaften. Dabei bin ich leicht zufriedenzustellen. Es genügt mir, wenn ich einen schönen, leicht sandigen Weg vor mir habe, vielleicht mit einer kleinen Grasnarbe in der Mitte. Wenn rundherum Wiesen sind, ein paar Felder in zufälliger Geometrie, ein bisschen

Mischwald und ein kleiner Bach mit Hainbuchen, in denen Vögel zwitschern. Wenn dann noch die Äste im Licht zittern, weil die Sonne scheint und von irgendwoher ein Kirchturm leuchtet, dann bin ich glücklich. Dann setze ich Schritt auf Schritt, so als formte ich Buchstaben zu Sätzen und Sätze zu Geschichten. Wer viel geht, weiß, dass Gehen wie Schreiben ist.

Ich bin auf dem Land aufgewachsen. In einem Dorf. Mein Dorf liegt ganz unten, draußen, im »Eck«. Vor wenigen Jahrzehnten, als es noch den Eisernen Vorhang gab, war unser »Grabenland« der letzte Winkel der freien Welt. Wir lebten irgendwie im Schatten. Aber nur die politischen Gegebenheiten haben uns von denen drüben, auf der anderen Seite des Stacheldrahts, unterschieden. So ist es immer gewesen. Charakteristisch für den kulturellen Umraum ist die große Kirche, in der ich vor vielen Jahren ministriert habe. Heute noch besuche ich sie an jedem Heiligen Abend. Dann setze ich mich für ein Vaterunser in eine Bank. Ich lasse meine Gedanken kreisen, und dann drehe ich noch ein, zwei melancholische Runden über den Kirchhof. Das mache ich jedes Jahr, und jedes Jahr tut es mir gut.

Mein Dorf liegt nahe der Quelle des Saßbachs, in einer Falte des »Grabenlandes«. Wenn die Falten in unserem Hügelland breiter sind, reden wir von Tälern. Engere Falten heißen bei uns Gräben. Die

Gräben haben zumeist sprechende Namen: Höllgraben, Pölzengraben, Hirschmanngraben, Rehgraben, Maisgraben. Egal aus welcher Windrichtung man kommt, ob aus Feldbach im Osten, aus Graz im Norden oder aus Leibnitz im Westen, immer muss man bergab fahren, wenn man in mein Dorf kommt, so tief liegt es zwischen den Hügeln. Nur vom Süden, wohin unser Saßbach weiterfließt, kommt man eben hinein.

Und da steht auch gleich mein Heimathaus. Es steht heute leer, die angebaute Werkstatthalle wurde schon vor Längerem abgerissen. Die Tankstelle ist auch schon weg. Das Haus steht allein, verlassen von uns allen. Es ist kein schönes Haus, etwas unproportional, zu hoch und zu eng. Etwas nackt. Man sieht ihm an, dass bei seinem Bau genau kalkuliert werden musste. Unter unseren Fenstern hat es nie Blumen gegeben. Schon im vorhergehenden Kapitel habe ich erzählt, dass Mama keine Beziehung zu Blumen hatte.

Alles ging von diesem Haus aus, und dennoch wurde es für mich nie zu jenem festen Ankerpunkt, wohin man immer wieder einmal zurückkehrt, um Heimat zu spüren. Um sich zu erholen und zu stärken. Um festen Boden unter den Füßen zu spüren. Das Haus ist schlank. Es ist kein Haus mehr für Sesshafte. Zum Haus gehört kein Umland. Kein Besitz und kein Vorrat sind unterzubringen. Kein Zaun gehört zum Haus, weil es nichts zu schützen gibt. Es ist ein Nomadenhaus geworden. Die Nomaden sind weitergezogen, nachdem sie den Boden abgegrast haben.

Es ist so lange her, aber ich vergesse es nicht, wie es war, als unser Haus gebaut wurde. Den ganzen Tag schaute ich den Arbeitern zu. Der junge Mann, der den Brunnen grub, war der Einzige, der mich wahrnahm. Er plauderte während seiner Arbeit ständig mit mir. Er behandelte mich wie einen vollwertigen Partner und gab mir Antworten auf meine Fragen. Er war ein Bauernsohn und Schüler meiner Mutter gewesen. Kurz nach der Beendigung seiner Arbeit bei uns wurde er verhaftet. Er hatte zwei Mädchen geschwängert. Eine der beiden lockte er zu einem nächtlichen Rendezvous in den Wald, wo er sie gemeinsam mit seinem Vater ermordete. Ich kann mich noch genau erinnern, wie der junge Mann in Handschellen durch das Dorf in den Gemeindekotter geführt wurde, wo er eine kalte Nacht zubringen musste, bevor er von der Grazer Justiz abgeholt wurde.

Der Gemeindekotter war in einem Gebäude unserer Nachbarschaft untergebracht. Wir Kinder begutachteten ihn immer wieder mit wollüstigem Schaudern. Er war nicht oft in Gebrauch, nur ab und zu zur Ausnüchterung für gewalttätige Betrunkene. Es war ein kahler, unverputzter Raum, in dem es modrig roch. Am Abend seiner Verhaftung schlich ich mich aus dem Haus und redete über das offene Gitterfenster mit dem

Mörder. Was wir geredet haben, weiß ich nicht mehr, nur daran kann ich mich erinnern, dass er gut aufgelegt war. Er wurde später zu zwanzig Jahren Gefängnis verurteilt. Sein Vater bekam lebenslänglich, weil er der Anstifter zum Mord war. Heute noch steht am Tatort ein Marterl mit der Inschrift: »Nah meiner Heimat, in finstrer Nacht, wurde ich hier umgebracht.«

Unserem Haus am nächsten war die Wagnerei. Den ganzen Sommer über stand die Tür zum Arbeitsraum weit offen. Es roch immer nach frischem Holz. Dieser Duft machte mich bald abhängig. Viel Zeit verbrachte ich in der Werkstatt, wenn der Wagnermeister Grebenhofer neben Wagenrädern Holzbeine für Tische und Sessel drechselte, ja, sogar Kegel für die Lehmkegelbahnen fertigte. Gebannt schaute ich zu, wie sich die abgefrästen Holzschlangen spiralförmig aus der Maschine drehten. Und ich sehe den Wagnermeister am Morgen, wenn er vor seine Werkstatttür tritt. Mit der rechten Hand nimmt er das Schirmkappl vom Kopf, dann wischt er sich mit dem Unterarm die Stirn trocken. Er trägt immer ein graues Hemd und eine ärmellose schwarze Weste, aus der er die Uhr zieht, um die Zeit zu prüfen. Er hat jetzt am Morgen schon einige Stunden Arbeit hinter sich. Ich winke ihm aus dem Fenster zu, er hebt das Schirmkappl zum Gruß und geht wieder in seine Werkstatt.

Alle unsere Nachbarn sind meine Freunde. Der Wagnermeister Grebenhofer, der Schustermeister

Perner, er hat das Haus nach der Wagnerei. Auch dort sitze ich oft und höre dem Schustermeister zu, wenn er vom Krieg in Russland erzählt. Zwei Häuser weiter, beim Gemischtwarenhändler Wolinger, kaufen wir ein. Auch dieser trägt immer ein Schirmkappl. Er ist mein besonderer Vertrauter. Als ich schon Gymnasiast war, Jahre später also, war ich Augenzeuge, wie er starb: Wie immer stand er vor seiner Haustür, plötzlich machte er einen Schrei und fiel um. Mama gestand mir bei seinem Begräbnis, dass sie immer eingeweiht war, wenn er mir mit verschwörerischer Miene Schokolade oder Zuckerln gab, in das Aufschreibbüchel meiner Mutter stattdessen aber die erlaubte Wurstsemmel eintrug.

Wie unoriginell das Schicksal sein kann, mag meine Konfrontation mit einem plötzlichen Todesfall nur wenige Meter entfernt zeigen. Im Gasthaus gegenüber der Gemischtwarenhandlung von Wolingers Nachfolgern sollte ich Jahre später auf Einladung des Tourismus-Referates der Landesregierung einen Vortrag halten, zu einer Zeit, als man noch vom »Fremden«-Verkehr redete, nicht vom Tourismus. Mehr als hundert Zuhörer aus dem ganzen Bundesland hatten sich eingefunden. Ich stand schon hinter dem Rednerpult. Da ging der Fremdenverkehrsobmann unseres Dorfes zum Pult. Er rückte die Blumen zur Seite und fiel ganz unspektakulär und lautlos zu Boden. Er war sofort tot.

An der Ostseite unseres Hauses, auf der anderen Seite der Straße, am Weg zum Bad am Saßbach, entstand später eine Schuhfabrik. Sie wurde der größte Arbeitgeber im Dorf. In besonderer Erinnerung ist mir ein Sonntag im Winter. Den ganzen Tag hatte ich in den *Deutschen Heldensagen* gelesen. Am späteren Nachmittag schickte Mama mich aus dem Haus, ich müsse dringend an die frische Luft, sagte sie. Widerwillig ging ich vor die Tür und über die Straße zur Schuhfabrik. Ich wusste, dass dort die beiden Söhne des Fabrikanten in der leeren Halle zwischen den Maschinen mit den Tretrollern herumdüsten. Ich schloss mich ihnen an und fuhr und fuhr – und prallte mit dem Roller gegen eine Maschine. Mit der Rettung wurde ich ins Spital nach Graz gebracht, das Ende eines Rollergriffs hatte sich wie ein Stempel in meinen Gaumen gebohrt.

Südlich unseres Hauses floss der Rosenbach, mein kleines Paradies, das zwischen gezackten Gras- und Buschufern dahinfloss. Ein steriles Betonbett hat aus meinem Rosenbach inzwischen einen würdelosen Kanal gemacht. Aber damals fing ich Krebse und Weißfische aus dem Bach. Kröten gab es, die in alle Richtungen davonhüpften, wenn ich meine Rindenschiffe auf das Wasser setzte. Meine Schiffe hatten hohe Masten mit Segeln dran, die Besatzung schnitt ich aus der *Wunderwelt* aus. Meine Kapitäne hießen Ahab, William Bligh, Klaus Störtebeker, aber auch Zwerg Bumsti, der Held aus der *Wunderwelt*.

Am Rosenbach konnte ich nur von Montag bis Donnerstag spielen. Am Freitag war Schlachttag in der nahegelegenen Großschlächterei. Das Blut Hunderter Rinder, Kälber und Schweine wurde in meinen Rosenbach geleitet, von wo die Blutsuppe weiter in den Saßbach und in die Mur floss. Der Bach war drei Tage lang blutrot. Der Rosenbach wurde zur Blutlache. Ich weiß nicht, was diese Todsünde gegen die Natur mit Flora und Fauna angerichtet hat, in den Tagen danach aber konnte ich wieder Krebse fangen.

Erst in den frühen siebziger Jahren begann sich so etwas wie ein Umweltbewusstsein zu etablieren. Umweltpolitik stieß überall auf Ablehnung. Ich erinnere mich an die Zornausbrüche meines Vaters, als ihm wie allen anderen Betroffenen Altöl-Auffangwannen für Werkstätte und Tankstelle vorgeschrieben wurden. Ich denke an die vielen Bürgermeister, die vom Gesetzgeber mit den ersten Vor- und Ausgaben zur Müllentsorgung konfrontiert wurden. Mir ist noch das Geschrei verständnisloser Bürger gegen anfangs ohnedies noch sehr schüchterne Ortsbildauflagen im Ohr.

Aber zurück ans Wasser. Es hat mich früh in seinen Bann gezogen. Heute wohne ich wieder am Wasser. Das ist für mich ein Hinweis, welche Kreise die Wellen ziehen, die man einmal in Bewegung gebracht hat. Jeden Morgen trete ich auf meine Terrasse und schaue hinunter auf die Wildenten in der Laßnitz. Ich sehe den einen oder anderen Fischer am Ufer sitzen und erfreue mich am aufgeregten Getue der Vögel in den Uferbäumen. Das zarte Grün der ersten Blätter von Eschen, Erlen, Buchen und Akazien im März, der tiefgrüne dichte Blättervorhang im Sommer, die Braun-, Gelb- und Rottöne im Herbst und die bizarren nackten Astskulpturen im Winter – alles eine geniale Umsetzung der Jahreszeiten in Bilddramaturgie. Vor einiger Zeit habe ich einen 65 Zentimeter langen Hecht aus dem Wasser gezogen, einige Zentimeter über dem Brittelmaß. Ich habe ihm freudig in die Augen geschaut – und ihn dann wieder ausgesetzt.

Früher, in der Volksschulzeit, war ich auch oft am Ufer des größeren Saßbachs, in den der Rosenbach mündet. Er war weiter weg von unserem Haus. Am Rosenbach habe ich Schiffe gebaut und nach Krebsen gestochert. Am Saßbach habe ich Bücher gelesen. Dazu braucht man niemanden. Mit Bücherreisen und -träumen habe ich mir die Realität gefärbt. Dadurch hatte ich nie das Gefühl, allein zu sein, auch wenn niemand bei mir war. Mit den Büchern meldeten sich erste unbestimmte Sehnsüchte. Schüchternes Fernweh klopfte an. Das war der Zeitpunkt, da ich das Keimen eines Gefühls ausmachte, immer abseitszustehen, nie dazuzugehören. Dieses Gefühl wuchs und begleitete mich mein ganzes Leben. Jede Welt, an die ich mich anpassen musste, hat mich schnell gelangweilt.

In einem meiner Reisetagebücher lese ich eine Notiz, die ich 2005, fünfzig Jahre später, eingetragen habe: »… ich war immer draußen. Ich habe nie dazugehört. Ständig war ich unterwegs, zu Kopf und zu Fuß. Während ich gegen den Strom geschwommen bin, habe ich vom sesshaften Ufer geträumt, immer war das so. Aber wenn mich einer umarmt hat, habe ich ihn fortgestoßen, und wenn ich mich gesetzt habe, war das garantiert der Platz zwischen den Stühlen.« Ich wollte nie in meinem Leben irgendwo Mitglied sein. Diese Einstellung stand auch hinter meiner Berufswahl: Als Journalist ist man nirgendwo integriert. Man muss immer trachten, zwar dabei zu sein, aber doch außerhalb zu bleiben. Nur die distanzierte Perspektive erlaubt die ständige Kontrolle und Hinterfragung. Das ist nicht einfach, weil man in diesem Beruf ja nie privat ist. Man lebt immer gegen den Fluss, stets kontroversiell, auch wenn man nur beim Bier sitzt. In den vielen Jahren als innenpolitischer Journalist sind mir von Politikern und Managern die gewieftesten Taktiken der Vereinnahmung begegnet, um einen mundtot zu machen. Ich habe viele Kollegen ob ihrer Immunität bewundert. Aber es gibt auch andere, die scheitern. Die Eitlen lassen sich von der Nomenklatura zu Partys laden, sie fühlen sich durch jedes Du-Wort geadelt. Diese Journalisten sind schlimm. Schlimmer noch sind die gesellschaftspolitischen Kriterien, die das zulassen.

In den Laubhütten, die ich mir am Saßbach baute, las ich sehr früh alle See-Geschichten, die ich kriegen konnte: *Moby Dick*, *Meuterei auf der Bounty*, *Klaus Störtebeker* und *Das Herz der Finsternis*. In dieser Zeit wollte ich Schiffskapitän werden. Das war ein erstes unbewusstes Aufkeimen von Fernweh, gehüllt in den erträumten Aufbruch in eine exotische Welt.

Lokomotivführer hat mich nie gereizt. Dass es keine Züge und Bahnhöfe in unserer Nähe gab, kann nicht der Grund dafür gewesen sein. Das Meer war weit weg, aber das Bild des Meeres hat mich fasziniert. Die unruhige Oberfläche, ständig in kräuselnder Bewegung, und darunter Tiefen und Untiefen, eine Welt voller Rätsel. Eine Welt, die sich nicht preisgibt, in die man eindringen muss wie in Bücher, um sie zu entdecken. Diese »Wasser-Phase« meiner Kindheit muss sich tiefer in mich eingegraben haben. Kurze Zeit nach meiner Matura fuhr ich als Steward einige Zeit zur See. Auf der Arcadia der englischen Transocean Company und auf der Australis des griechischen Großreeders Chandris fuhr ich um die ganze Welt. Meine Heimathäfen waren Bremerhaven und Southampton.

Meine Liebe zum Wasser lebe ich sehr intensiv: Ich wandere an keinem See, Fluss oder Bach vorbei, ohne dass ich meine Kleider ablege, um zumindest kurz und ganz einzutauchen, ob am Berg oder im Tal, ob im kalten Frühjahr oder im heißen Sommer. Das ist für mich Lebensquelle.

Ich mochte sechs oder sieben Jahre alt gewesen sein und wurde von größeren Schülern meiner Mutter zum Baden mitgenommen. Niemanden von uns, auch mich interessierte es nicht, dass ich wie viele der anderen nicht schwimmen konnte. Wir alle tollten ständig am und im Bach, der ja nirgendwo wirklich tief war – außer vor einem Wehr der Saßmühle. Dort staute sich das Wasser. Ich verlor plötzlich den Boden unter den Füßen. Schreiend, schluckend und gurgelnd wehrte ich mich gegen das Versinken, hoch und tief peitschte ich mich mit den Händen, Panik stieg in mir auf. Ich kann heute nicht sagen, wie gefährlich die Situation wirklich war. Die anderen Kinder lachten, als mich der Wendlinger Volkmar aus dem Wasser holte. Den Kontakt zu ihm habe ich mein Leben lang gehalten. Als er später nach Brasilien auswanderte, habe ich ihn mehrmals besucht. Er hatte es geschafft und wurde ein erfolgreicher Gastronom in Rio de Janeiro. Im Zentrum der Stadt, im Stadtteil Botafogo, besaß er ein mehrstöckiges Penthaus, von dessen oberster Terrasse aus man Zuckerhut und Corcovado sehen konnte. Immer musste ich ihm Kernöl und Selchwürste mitbringen. Ein Jahr vor seinem überraschenden Tod, das war 2015, haben wir dort Wein aus dem Vinhedo-Tal getrunken und geschnapst.

Bei uns, im engeren Umfeld des Hauses, roch es nach Holz, Benzin, Leder und Blut. Über dem ganzen Dorf aber lag der süße Duft der Maisfelder, der Akazien, des Flieders. An den Sommerabenden konnte man zwischen den Häusern aber auch die Arbeit riechen, den Dünger und die Gülle der umliegenden Felder, die Tiere und deren Dung. Aus den Ställen drang der Klang der Melkeimer. Das alles gehörte zu uns wie die Glocken aus dem Kirchturm, wie das Tuckern der Traktoren. Damit ging man um, genauso selbstverständlich wie mit der Hygiene, in der es noch das Gefühl für den »gesunden Dreck« gab.

Das Aufwachsen auf dem Land hat mich körperlich und seelisch mit einem Bio-Film überzogen, der mir nicht geschadet und meine Immunität in jeder Hinsicht gestärkt hat. Wie auch die Tatsache, dass ich als Kind sehr oft die frische kuhwarme Milch genoss, aber bis zu meinem sechzehnten Lebensjahr keine Coca-Cola, keine Pommes frites, keine Dusche und zum Waschen nur kaltes Wasser kannte. Heute wundere ich mich oft über die Überempfindlichkeiten von Eltern und Kindern. Ich denke, dass die Belastbarkeiten in vielerlei Hinsicht stärker sein könnten.

Ich habe es schon weiter oben bedauert, wie sehr die Kluft zwischen Stadt- und Landbevölkerung größer und deren beiderseitige Toleranz kleiner geworden sind. Die Beschwerden über den Geruch von Rinder- oder Schweineställen auf dem Land kommen von Leuten, die im Supermarkt das Billigstschnitzel kaufen. Zum Zeitpunkt, da ich das schreibe, hat Frankreichs Parlament entschieden, dass auch Geräusche und Gerüche auf dem Land zum kulturellen Erbe gehören. Zugezogene müssen mit Hahnenschrei, Kuhfladen, Düngerduft und Glockengeläut leben, wenn dies zuvor von einer regionalen Kompetenz für eine Region in eine fixierte Liste des kulturellen Erbes aufgenommen wurde. Wer aufs Land zieht, muss wissen, dass es stinken kann.

Heute komme ich selten in mein Dorf. Es ist groß geworden. Die Hänge rundum, über die sich früher Wald, Wiesen und Weinrieden zogen, sind heute mit Häusern gefleckt, aus denen Antennen ragen. Siedlungen auch um den Friedhof, auf dem meine Eltern liegen. Mein Lieblingsplatz ist der Kirchhof, der von einer dicken quadratischen Ziegelmauer umgeben ist. In jeder der vier Ecken sitzt einer der Evangelisten. Zwei große Rundbogentore führen in den Kirchhof, vor dem einen steht der Heilige Nepomuk. Prag-Besucher kennen den Brückenheiligen von der Karlsbrücke. Bei uns steht er in seiner zweiten Funktion als Beichtheiliger, deshalb hält er den Schweigefinger an die Lippen. Die Kirchenmauerecke des Heiligen Johannes war früher von den Ästen eines riesigen Weichselbaumes bedeckt. In denen saß ich versteckt mit der Korber Vreni. Wir aßen Weichseln und spuckten die Kerne auf die

Leute unter uns. Den dicken Sohn des Bäckers trafen wir einmal mitten auf seine Glatze. Er blickte fluchend um sich, war aber zu dumm, hinauf in die Krone des Baumes schauen.

Neben unserer Kirche gab es das mächtige mehrstöckige Gasthaus. Eine Kirche und ein Gasthaus gehören zusammen, das war ein geflügeltes Wort. Und damals, als ich ein Kind war, hat es auch überall gestimmt. In jedem Dorf gab es den Kirchenwirt, der nicht selten auch Fleischhauer war. Er konnte allein schon von den Hochzeits- und Leichenschmäusen leben. Unser Kirchen-Wirtshaus ist mittlerweile eine Apotheke geworden. Damals war es das Zentrum. Im Parterre ging es um die leiblichen Genüsse, im Oberstock um die Muse, da wurde Theater gespielt.

Es ist Rück-Kehr im Sinn des Wortes. Wenn ich heute durch mein Dorf gehe, dann hat das etwas mit Kontinuität zu tun. Mit Dimensionen, die außerhalb meines Einflusses liegen. Hier begann alles. Wie stressig und zerrissen mein Leben auch immer gewesen sein mag: Bei meinen Besuchen im Dorf kriege ich eine Ahnung von dem bedächtigen Drehen des ewigen Zeitrads, auf das ich aufgespannt wurde. Hier habe ich eine Kindheit verbracht, in der alles gelb war: die Sonne, der Löwenzahn, der Raps, der Most, die Maiskolben, die Kürbisse, die Monstranz, die glitzernden Instrumente der Blasmusik, die Lichtmess-Krapfen und die Finger der rauchenden alten Männer. Das Dorf hat mittlerweile fast 4.000 Einwohner. Es ist so groß geworden, dass die Gemeindeverantwortlichen angeblich die Stadterhebung anpeilen. Das Gemeindebudget ist, wenn man Währungsänderungen und Auf- und Abrundungen berücksichtigt, heute rund zwanzig Mal höher als 1954 – obwohl unser Dorf heute nur um etwa 900 Einwohner mehr hat. Eine symptomatische Veränderung sollte allerdings nicht übersehen werden: 1955 gab es mehr Geburten als Sterbefälle, in Zahlen hieß das 67 zu 39. Heute sterben mehr, als geboren werden. 2020 gab es 45 Todesfälle und 30 Geburten. Das Verhältnis hat sich ziemlich genau umgedreht. Ähnliches gilt für alle unsere Gemeinden in der Südoststeiermark.

Henri Cartier-Bresson, der fotografierende Meister des »entscheidenden Moments«, hat 1938 das wunderbare Bild mit dem Titel *Frühstück an der Marne* fotografiert. Auf der Komposition sitzen Männer im Hemd, aber mit Hüten auf dem Kopf, und Frauen, die ihren Oberkörper bis auf Büstenhalter und Kombinesch freigemacht haben, am Flussufer. Es muss Sonntag sein, und es ist gar nicht so sicher, dass die eher schwergewichtigen Leute mit dem kleinen Boot hierhergekommen sind, das vor ihnen im Wasser vertäut ist. Auf ausgebreiteten Decken liegt ihr mitgebrachtes Frühstück. Der Mann im Vordergrund schenkt sich aus einer Flasche Rotwein in ein Glas. Die Leute stammen unverkennbar aus dem Arbeitermilieu einer nahegelegenen Stadt. Sie haben sich zu diesem Picknickausflug verabredet. Es scheint sich dabei um ein Ritual zu handeln, das an jedem Sonntag stattfindet.

Dieses Bild schießt mir sofort in den Kopf, wie ich jetzt auf einem Holzsteg über den Saßbach gehe. Hier am Ufer saßen Papa und Mama mit ihren Freunden, der Kaufmannsfamilie Korber, wenn sie ihren Sonntagsspaziergang machten. Der kleine Herr Korber und mein schmaler Papa saßen da und besprachen die Weltlage. Beide hatten ebenfalls ihre Röcke ausgezogen und die Hüte auf dem Kopf behalten. Meine schöne Mama und die wuchtige Frau Korber hatten ihre Oberkörper bis auf die Kombinesch freigemacht und genossen die Sonne. Ich schnitzte ein Pfeiferl aus einem Haselnussstock.

Der Bürgermeister war der reichste Mensch im Dorf. Er war ein absoluter Alleinherrscher. Er besaß ein großes Bauunternehmen und beschäftigte viele Männer. Bei den »Schwarzen« war er ein führender Funktionär. Trotz seines Reichtums und seiner Macht war er ein überaus großherziger und netter Arbeitgeber. Als die ersten Gesetze kamen, die ab einer gewissen Betriebsgröße die Einrichtung von Betriebsräten vorschrieben, wollte keiner seiner Bediensteten Betriebsrat werden. Da bestimmte er seinen ältesten Mitarbeiter, den Parterer Franz, zum Betriebsratsobmann und alles war gut. Auch daran denke ich jetzt, weil ich an seiner ehemaligen Villa vorbeigehe.

Und im Weitergehen sehe ich, dass sie die Notburga-Statue, die hier stand, um etwa hundert Meter versetzt haben. Die Heilige Notburga ist die Patronin der Dienstmägde. Hinter der Notburga-Statue habe ich das erste Mal geraucht.

Neben dem Kirchenwirt gab es noch das Dorfwirtshaus. Unseren Dorfwirt nannten alle Winnetou. Er war von sehr un-indianischer Leibesfülle. Seine stoische Ruhe und seine squawähnlichen Gesichtszüge erinnerten an den Häuptling der Apachen. Dem Gasthaus war ein Saal angeschlossen, in dem die vielen Bälle stattfanden, die es damals bei uns gab. Der Saal war sogar am Heiligen Abend gefüllt. Winnetou sperrte sein Gasthaus nach der Christmette auf. Da trafen sich alle. Zu Weihnachten kamen auch jene Männer nach Hause, die in den Westen, in die Schweiz oder nach Vorarlberg, zur Arbeit pendelten. Auf den Küchenkredenzen zu Hause steckten die Ansichtskarten, auf denen sie während des Jahres ihren Frauen und Müttern mitteilten, dass die Arbeit gut, die Gegend schön und ansonsten auch alles in Ordnung sei.

Die meiste Zeit des Jahres aber war unser Ballsaal dem Kino vorbehalten, das Winnetou neben seinem Gasthaus betrieb. Da stellte er Reihen von Klappsesseln in den Saal, in dem während der Vorstellungen noch geraucht werden durfte. Wir Kinder zählten für den Winnetou nicht. Für uns war der Eintritt immer frei. Er saß breit und lächelnd wie ein Buddha vor der Saaleingangstür an seiner provisorischen Kassa und ließ uns jeden Film sehen, ob Jugendverbot oder jugendfrei. *Freibeuter der Meere* hieß mein erster Film, den ich, wie dann jeden Film, mehrmals sah. Ich erinnere mich an eine Szene, in der der Pirat vom hohen Dach eines Hauses fiel. Glücklicherweise landete er auf dem Stoff-Vordach über der Eingangstür, sodass er unverletzt blieb und weiterkämpfen konnte.

Auf dem Weg zum Sportplatz steht, gleich hinter der ehemaligen Viktualienhandlung Grübser, noch immer das kleine gelbe Haus, das wir alle »Dreimäderlhaus« nannten. Die drei Schwestern arbeiteten Tag und Nacht in ihrem wundervollen Bauerngarten, in dem so schöne Bartnelken standen, wie ich sie niemals mehr in meinem Leben gesehen habe. Ich sehe noch eine der Schwestern vor mir, wie sie an der Waschrumpel nasse Wäsche reibt. Wegen der schönen Bartnelken blieb ich vor dem Haus immer stehen. Einmal kam eine der Schwestern an den Zaun. Sie hatte mein aufgeschlagenes Knie gesehen und schmierte irgendeine grünliche Kräutermischung darauf, lächelnd und wortlos. Viele Jahre später, als ich schon Journalist und mein Name aus dem Radio zu hören war, hielt mich diese Frau eines Tages auf der Straße auf und sagte, dass sie davon überzeugt sei, dass ich niemals graue Zellen bekommen würde, weil ich so gescheit wäre.

Am Nordende des Dorfes gab es eine große Wiese. Auf dieser Wiese, die heute komplett bebaut ist, versammelten sich mehrmals im Jahr die Zigeuner. Sie kamen aus allen Gegenden auf ihren Planwagen. Sie tauchten stets ganz plötzlich auf, sie kamen in der Nacht und blieben mehrere Tage lang. Zwischen den Wagen und den Pferden spannten sie Stricke für ihre Wäsche. Männer wie Frauen kamen ins Dorf, um die Arbeiten zu verrichten, die sonst keiner machte. Sie hoben unsere Klärgruben aus, sie kümmerten sich um Ratten- und Mäusevernichtung und reinigten die Dächer der Ställe von den überhandnehmenden Vogelnestern. Sie waren dabei, wenn es Feste gab und unsere Leute auf langen Bänken in der Wiese saßen. Wegen des Leichenschmauses gingen sie auch bei Begräbnissen mit und taten so, als ob sie beteten, aber ich habe es gehört: Immer, wenn es im Rosenkranz hieß, »der für uns Blut geschwitzet hat«, leierten unsere Begräbnis-Zigeuner: »der für uns Blut gespritzet hat«.

Im Großen und Ganzen gab es kaum Feindseligkeiten zwischen unseren Leuten und den Zigeunern. Irgendwie war man miteinander vertraut. Dennoch sagten unsere Leute, dass man alles wegsperren müsse, weil die Zigeuner »stehlen wie die Raben«. Lockere Weiber waren »Rabenviecher«. Die Raben mussten für die bösen Vergleiche herhalten, sie waren bei Gott nicht angesehen.

Uns Kindern war der Besuch des Zigeunerlagers strengstens verboten. Wir trieben uns aber ständig in dessen Nähe herum, weil einfach alles dort farbig und interessant war. Und die Zigeuner wussten immer um unsere Anwesenheit hinter den Büschen. Einmal setzte sich einer, ein junger Mann, der uns ausgespäht und in seinem Blickwinkel hatte, auf einen Sessel in die Wiese. Er hatte eine große Zeitung und tat so, als ob er lesen würde. Ein zweiter zog ihm den Sessel unter dem Hintern weg. Der aber merkte das nicht und blieb in künstlicher Sitzhaltung. Das war komisch, aber wir durften uns hinter unseren Büschen nicht durch Lachen verraten. Als aber der zweite Mann dann die Zeitung des Lesers anzündete und der es nicht zu merken schien, ja, die brennende Zeitung ohne sichtbare Wirkung bis zum letzten Fusel in Händen behielt, war es um uns geschehen. Wir schrien, stoben lachend hoch und rannten davon, durch die Obstwiesen und weiter hinunter zum Saßbach.

Das alles geschah zu der Zeit, als meine Welt noch ausschließlich aus Menschen bestand, die ich kannte. Das alles passierte zu der Zeit, als die Leute noch mit dem gelben Postautobus in die Stadt fuhren. Mit dem Schulchor sangen wir vom Bauern, der »im Märzen die Rösslein anspannt«. Ich sammelte die herrlichen Tierbilder der Malerin Bresslern-Roth, die die Innenseite der Panuli Zuckerlverpackung schmückten. Die ganze Klasse ging in den Muggentaler Graben zum Kartoffelkäfer-Suchen, und wenn die Bauern zum Saßmüller das gedroschene Getreide brachten, pickte ich mit dem Sohn des Wagners, dem Grebenhofer Adi, das schwarze Mutterkorn für den Arzt heraus. Bei einer Schulaufführung von *Dornröschen* bekam die Korber Vreni in der Rolle der Königin einen Lachkrampf, weil ich als ihr König meinen Ein-Satz-Text geschmissen hatte: »Ich werde alle Spindeln in meinem Reich verbrennen lassen«, hätte ich sagen müssen. In meiner totalen Hingabe an die Rolle brüllte ich: »Ich werde alle Windeln in meinem Reich verbrennen lassen!«

III.

Künstler ohne Kunstwerke

Ich habe das Glück, am Wasser zu wohnen, ganz nahe der Stelle, wo die Laßnitz in die Sulm mündet. Bei Tag springen die Forellen in die Luft und die Wildenten fliegen krächzend hoch. In der Nacht, wenn es ruhiger wird, dringt das harmonische Wasserrauschen in mein Schlafzimmer. Das ist für mich Musik.

Es ist Musik wie das Rauschen des Windes in den Blättern, wie das Summen der Insekten, wie das morgendliche Konzert der Vögel in den Hecken. Im zehnten Kapitel dieses Buches (»Der Schnee schmilzt immer schneller«) begründe ich meine Liebe zum Ein-Klang der Glocken, der mir die Metapher für Lebensharmonie ist. Ein Bild, ein Buch, eine Skulptur sind materiell vorhanden. Ein musikalisches Kunstwerk hingegen ist vollkommen immateriell. Jedes Lied, jede Sonate, jede Sinfonie wird mit jeder Aufführung immer wieder neu geschaffen. Um das musikalische Kunstwerk genießen zu können, müssen die Musiker Töne produzieren. Der Ton macht die Musik.

Es gibt in meinem Leben einige musikalische Rufzeichen. Sie haben sich so eingebrannt, dass sie unvergessliche Wegmarken geworden sind. Sie begleiten mich seit Jahrzehnten. Im Fußballstadion des FC Norwich habe ich das erste Mal die Musik der Beatles gehört. Unvergesslich. Wann immer ich seitdem A Hard Day's

Night *höre, sehe ich das volle Stadion beim Match gegen Ipswich. Ich arbeite als Ferialpraktikant im Caistor Hall Hotel. Mit mir sind John, der Koch, und die entzückende Margret mit den schwarzen Ringellocken. Sie arbeitet wie ich im Speisesaal. Sie hat mir gezeigt, dass Frauen auch schwarze Unterwäsche tragen. Das war mir so neu wie die Musik der Beatles.*

Nur ein Jahr später erwischte mich der Zoll in Bremerhaven. Ich war damals noch starker Raucher. Sie brachten mich in ein Abteil. Die Rolling Stones sangen aus den Lautsprechern ihr Satisfaction, *während mir sämtliche Stangen Zigaretten aus der Kleidung fielen, als ich mich ausziehen musste.*

Ein Jahrzehnt später, 1977, bin ich im damals noch kommunistischen Belgrad. Ich soll im Auftrag meines Chefs mit Vertretern des serbischen Rundfunks Möglichkeiten für Kooperationen ausloten. Die Balkanska, eine belebte Innenstadt-Straße, wird von Ravel überflutet. Ein Schuster arbeitet am offenen Fenster seiner Werkstatt unter der rhythmisch sich aufladenden Musikglocke des Bolero. *Die Musik kommt aus einem Raum hinter ihm. Wie ich sind auch andere stehen geblieben. Der Schuster beachtet uns nicht. Seine Konzentration gilt einem aufgespannten Schuh. Immer, wenn ich seitdem den* Bolero *oder eine Meldung über Belgrad höre, stellt sich sofort diese Szene aus der Balkaneska ein. Und nicht nur das: Kommt in den Nachrichten beispielsweise ein Bericht über die Wahlen in*

Serbien, denke ich an den Bolero. *Höre ich den* Bolero, *denke ich an Belgrad.*

Höre ich Louis »Satchmo« Armstrongs wunderschönes Lied Wonderful World, *denke ich an meinen verehrten Kollegen, den großen Journalisten Hugo Portisch, neben dem ich oft am Präsentationstisch der* Zeit im Bild *sitzen durfte, er als Kommentator, ich als Präsentator und »Hölzelwerfer«. Wir, mein Freund Christian Jungwirth, von dem die Bilder dieses Buches stammen, und ich, waren von Hugo Portisch und seiner Frau Traudl in deren Haus in die Toskana eingeladen. Am Abend des ersten Tages unseres Aufenthalts, an dem wir uns alle gemeinsam auf der Trüffelmesse in San Miniato herumgetrieben hatten, kochten wir, Traudi Portisch und ich, in der Küche der Familie. Plötzlich begann Hugo gemeinsam mit seiner viel älteren Schwester* Wonderful World *anzusingen, und wir alle stimmten ein – wobei Hugo der Einzige war, der den Text wirklich kannte:*

»I see trees of green, red roses too
I see them bloom for me and you
And I think to myself what a wonderful world.«

Mein stärkstes musikalisches Rufzeichen erlebte ich auf der burgenländischen Seite Maisopotamiens. Auf einer mehrtägigen Wanderung erreichte ich das Schloss Tabor im südburgenländischen Neuhaus, wenige Kilometer von Fehring entfernt. Es war ein hei-

ßer Juni-Nachmittag. Ich hatte an diesem Tag schon eine erkleckliche Kilometerleistung hinter mir und war froh, in so schöner Kulisse rasten zu dürfen. Im Innenhof des Schlosses ließ ich mich auf einen der vielen Sessel fallen, die vor einer Bühne aufgestellt waren. Auf der Bühne übte ein Mädchen an einem großen Violoncello. Ich nickte ihr zu und machte mit den Händen Andeutungen des Beifalls. Lächelnd zuckte sie mehrmals wie entschuldigend mit ihren Schultern. Dann setzte sie ab, und nach einer kurzen Pause, so, als wollte sie sich sammeln, begann sie mit einer Melodie, die sich langsam anschwellend im gesamten Innenhof ausbreitete. Das Mädchen kam aus Bosnien. Sie studierte an der Musikhochschule in Graz. Ich bedankte mich bei ihr. Sie sagte, dass sie dieses Lied nur für mich gespielt habe, ich sei ja ihr einziger Zuhörer gewesen. Es war Der Schwan *aus dem* Karneval der Tiere *von Camille Saint-Saëns.*

Bei einem kleinen Kaffee in der Schlosstaverne erzählte sie mir, dass sie sich ursprünglich nur mit dem Klavier beschäftigt habe. Eine Begegnung mit der begnadeten britischen Violoncello-Virtuosin Jacqueline du Pré habe sie aber so befeuert, dass sie sich seit Jahren ganz diesem Instrument widme. Ihr Lebenstraum sei es, Virtuosin zu werden und einmal auf einer »Du-Pré-Stradivari« zu spielen.

Ich begann zu recherchieren. Jacqueline du Pré hatte als Tochter einer Pianistin zunächst ebenfalls nur Klavier gespielt, ehe sie sich ausschließlich für das gro-

ße Violoncello interessierte. Sie war fast auf den Tag gleich alt wie ich und starb im jungen Alter von nur 42 Jahren. Unter Musikkennern gilt sie, die mit Daniel Barenboim verheiratet war, als eine der größten Violoncello-Künstlerinnen.

Diese schöne Begegnung auf Schloss Tabor mit dem Schwan *und einem bosnischen Mädchen voller Träume hat mich schließlich dazu animiert, das* Märchen vom Glück *zu schreiben. Als Buch ist es 1992 erschienen und ein schöner Erfolg geworden, nicht zuletzt auch, weil es mein Freund, der Maler Gottfried Kumpf, illustriert hat. In diesem Märchen geht es um einen kleinen Zigeunerbuben, dem es der riesengroße Kontrabass angetan hat. Er träumt davon, Kontrabass-Spieler zu werden, seine Eltern zwingen ihn aber, die Geige zu lernen, weil er für den großen Kontrabass einfach zu klein sei. Er wird ein guter Geigenspieler und zieht schon sehr früh mit einer Musikbanda durch das Land. Eines der Banda-Mitglieder spielt den Kontrabass. In den Nächten, wenn alle schlafen, schleicht sich der kleine Bub zu den abgestellten Instrumenten. Er stellt sich auf einen Schemel und übt am Kontrabass. Bald spielt er so gut, dass die Tiere der Nacht zu träumen beginnen. Eine alte Zauberin hört ihn spielen und geht den Tönen nach. Als sie den kleinen Buben spielen sieht, schwillt ihr das Herz. Sie stellt dem Buben einen Wunsch frei. Der Junge wünscht sich einen Kontrabass. Die alte Frau zaubert ihm einen herbei, der so klein ist wie der Bub, aber mit diesem mitwächst. Der Bub wird der beste Kontrabass-Spieler der Welt.*

Nicht jeder Mensch ist ein Künstler. Ich denke aber, dass es viel mehr Menschen gibt, die ihre Talente vergeuden, als Menschen, die sich die Mühe machen, sie zu pflegen. Sie bleiben auf der Stufe des Geigenspielers. Der Aufstieg zum Kontrabass ist ihnen zu mühselig. Oft stehen auch die Umstände dagegen. Für viele Menschen bleibt es beim Traum, der mit den Jahren verwelkt. Die einen legen Gewicht zu und ergeben sich den Gewohnheiten. Andere treibt die Angst, ihr schon sehr undeutlich gewordener Traum könnte für immer in den Tiefen des Bewusstseins versinken. Sie sind rastlose Künstler ohne Kunstwerke. Ich denke, Papa war so einer.

Papa, der Weg-Geher

Das war keine verletzte Familie, in der ich aufwuchs. Es gab keine Opfer, kein Gas, keine Verfolgungen, keinen Widerstand. Es gab ein »hurragesteuertes Mitlaufen«. Aber als der Krieg zu Ende war und nicht nur alles Materielle, sondern auch alle Träume und Visionen in Trümmern lagen, wurden wir eine enttäuschte Familie. Ent-täuscht. Bis ans Ende seiner Tage litt mein Vater an Unrecht, Verrat und Verschwörung der Welt draußen und den Verrätern innerhalb des Tausendjährigen Reiches. Bei Bergturnfesten, Faustballturnieren und Volkstanzabenden traf er Gleichgesinnte, die unter dem Getöse der Spielmannszüge ihre Weltfluchten lebten. Er litt unter einer politischen Realität, die er und seinesgleichen als eine von Verlierern, Feiglingen und Opportunisten bestimmt erfuhren. Am Stammtisch war die Rede vom verräterischen Italiener, dem weltmachtgierigen Engländer, dem animalischen Russen, dem arroganten Franzosen und dem kulturlosen Amerikaner.

Es gab im Dorf viele solcher Familien wie die unsere. Und weil es weiterging, wurden die Kinder dieser Familien mit neuen Träumen gefüttert. Wir »studierten« *Brehms Tierleben* und lasen alle C. W. Cerams *Götter, Gräber und Gelehrte*. Unsere Helden Siegfried, Winnetou und Robin Hood standen dafür, dass sich alles zum Besten wendete. Nach den zertrümmerten Ideologien hieß die neue Lebensphilosophie Materialismus. Ärmel hochkrempeln und Aufräumen war die Parole. Bildung war die neue Religion. Die Kinder wurden mit neuen Zukunftsträumen überlastet, eine Überlastung, die später in den Städten explodieren würde, mit Baader-Meinhof und den 68er-Rebellionen. Aber damals, kurz nach dem Zweiten Weltkrieg, als Trümmerhaufen und Visionen-Wracks jede Luft zum ideologischen Atmen nahmen, widmete sich die Sprachregelung »den Kindern, die es einmal besser haben sollten«. Das war auch die Zukunftsenergie meiner Eltern.

Wenn ich an meine Erziehung denke, zu Hause und später dann im Internat, fallen mir keine präziseren Stichworte ein als: Disziplin, Gehorsam, Leistung, Ehrgeiz. Meine Generation hat nur zwei, drei Jahrzehnte später, als sie Eltern waren, darauf besonders künstlich reagiert. Sie stellte den ihnen eingetrichterten Werten als Gegenpol die passive antiautoritäre Erziehung entgegen.

Aber unsere Eltern waren streng autoritär gewesen. Sie hatten nichts anderes gelernt. Und die illiberale ideologische Dunstglocke von Herrschaftsdenken, Faschismus und Nationalismus-Wahn war nicht über Nacht mit einem Dreh am Lichtschalter auszuknipsen. Wir Kinder wurden streng mit der fieberhaften Hoffnung befrachtet, der Frühling einer neuen friedlichen Zukunft zu sein. Alles, was in den Hirnen unserer Eltern unter dem Motto Erziehung lief, wurde in uns investiert – so autoritär, wie sie es gelernt hatten. Bildung, Leistung und Wettbewerb hieß die neue Troika. Die Ziele hatten sich geändert, nicht die Erziehungsprinzipien.

Meine Eltern ordneten alles Denken und Tun unserer Ausbildung unter. Lehrer, Professoren und Schulnoten standen im Mittelpunkt unserer Gespräche, daneben war es noch wichtig, gepflegt und insgesamt der Darsteller eines gediegenen Elternhauses zu sein. Ich entsinne mich keines einzigen Satzes, mit dem die Rede davon gewesen wäre, dass mein Bruder oder ich unseren Betrieb hätten übernehmen sollen. Das war noch weniger als ein »Nicht-Thema«.

Mein Vater war Techniker, meine Mutter Lehrerin. Ich habe nie wirklich herausfinden können, welche Ausbildung mein Vater nach der sogenannten Bürgerschule noch genoss. Damit will ich überhaupt nichts andeuten. Das gehörte wie der Krieg abseits des Afrika-Korps, dem er zeitweilig angehörte, zum stummen Teil seines Lebens. Wir haben uns nie um Aufklärung bemüht. Papa wurde jedenfalls zeit seines Lebens von allen mit »Herr Ingenieur« angeredet. Es muss ihm wichtig gewesen sein.

Papa kam aus einer vielköpfigen Bergarbeiterfamilie, er hatte vier Schwestern und sechs Brüder. Seine Mutter, meine Großmutter, lernte ich, wie meinen Großvater, nie kennen. Sie hatte ein zweites Mal geheiratet, nachdem ihr erster Mann gestorben war. Sie muss sehr stark gewesen sein. Bewundernswert aber auch mein Großvater, der diese Frau mit ihren bereits fünf Kindern nach dem Tod ihres Mannes heiratete. Die Familie meines Vaters war arm, weshalb einige der Kinder wegziehen mussten, um Arbeit zu finden. Mein Vater ging nach Deutschland, wo sich für mich alle biografischen Genauigkeiten im Nebel seiner Erzählungen über Schulen in Hannover und Berlin und irgendwo sonst noch verlieren. In allen seinen Erzählungen verherrlichte er den Krieg, seinen Krieg in Afrika, in der Cyrenaika und bei El Alamein.

Dort – so seine unerschütterliche Meinung – kämpfte man noch fair und zum Heiligen Abend schwiegen die einander gegenüberliegenden englischen und deutschen Soldaten in einem andachtsvollen Waffenstillstand zu Text und Musik von *Lili Marleen*.

Mein Vater war Hauptmann, und das war der höchste soziale Rang im Laufe seines Lebens. Das mag er auch bedauert haben.

Meine Mutter lernte er in seiner Heimatstadt Eisenerz kennen. Der Offizier hielt dort während eines Heimaturlaubs einen Vortrag an der Schule, wo sie Lehrerin war. Da verliebte sich die fesche Lehrerin in den feschen Offizier. Es kam zur Hochzeit, und sie sollte schnell merken, dass sie ein barsches, gleichwohl weiches wie gutmütiges Kind geheiratet hatte. Es wurde eine gute Ehe dank ihrer Fähigkeit, ihn glauben zu lassen, dass er der Chef in einer Familie sei, in der jedoch sie alle Verantwortung übernahm und sämtliche Zügel in der Hand hielt. Sein Heimweh nach Eisenerz hat Papa sein Leben lang gepflegt und in Form einer großen weißen Eisenblüte materialisiert, die jahrelang prominent im Wohnzimmer neben den Kriegs-Bilderbuchschwarten stand, wo sie jedem Gast ins Auge springen musste.

Immer sprach er von seinen Bergen, besonders vom Reichenstein, der über 2100 Meter hoch ist. Er erhebt sich südlich vom Erzberg, als wolle er die wunderschöne Bergstadt, ihre Oswaldikirche und den Leopoldsteinersee beschützen. Erst vor wenigen Jahren habe ich mit einer Bergkameradin aus der Südsteiermark den Eisenerzer Reichenstein bestiegen. Ich habe das im Gedenken an Papa getan und weiß, dass es ihn gefreut hätte.

Auch die Großeltern mütterlicherseits habe ich nie kennenlernen dürfen. Mama stammte aus einer Lehrerdynastie. Schon mit vierzehn Jahren war sie Vollwaise. Ihre Gedichte schreibende Großmutter übernahm zunächst ihre Erziehung, sie starb aber bald und Mama kam auf Betreiben ihrer verbliebenen Verwandtschaft in ein Schulinternat nach Graz. Und das muss großartig gewesen sein, denn Mama erhielt eine sehr gute Ausbildung, die Nonnen kümmerten sich auch um ihren Musik- und Literaturunterricht, vor allem aber auch um ihre Erziehung zu einer gefestigten Persönlichkeit. Mit Bewunderung rede ich davon, was diese Vollwaise, die meine Mutter wurde, aus ihrem Leben machte.

Sie war gebildet, stand mit beiden Beinen auf dem Boden und hütete ihre Familie wie eine Löwin. Und gleichzeitig war sie eine Egomanin, von einer Unbedingtheit, die sehr oft kurzsichtig und in ihrer Konsequenz von verletzender Lieblosigkeit sein konnte. Sie war eine schöne Frau, und sie mochte sich durchaus der einen oder anderen erotischen Sünde hingegeben haben, nie aber bestand auch nur im Geringsten die Gefahr, dass sie ihre etwas toleranter angelegten Linien von Treue und Gemeinsamkeit dauerhaft beschädigt hätte. Alles, was sich nicht unterordnete und außerhalb ihres Machtbereichs lag, lehnte sie ab. Sie bekämpfte oder ignorierte es. Äußerlichkeiten waren ihr immens wichtig, aber es war ja im ganzen Dorf so, dass der Schein vor dem Sein kam.

Die lebenszugewandte Aktivität meiner Mutter wog nicht alles, aber viel von der passiven Lebensführung meines Vaters auf. Oft, so sehe ich das im Rückblick, gab er sich mit leidvollster Wollust den Enttäuschungen hin, mit denen ihn das Leben seiner Meinung nach geißelte: der abgebrochenen militärischen Karriere, dem beruflichen Stillstand, der versagten gesellschaftlichen Position – das alles waren keine Siege, das waren Niederlagen. Es ist Mamas Verdienst, dass wir unter seinen Launen nicht allzu stark litten. Und wenn sie ihm nicht gestattete, sich in seinen Gram zu versenken und ihn immer wieder mit kräftigen und bestimmten Worten hochwuchtete, dann unterbrach sie sogar ihre Camouflage für die Bühne des gesellschaftlich korrekten Rollenspiels. Sie zeigte sich dann sehr eindeutig in ihrer Führungsrolle.

Erst sehr spät ist mir klargeworden, dass wir alle damals Mamas Rolle als zu selbstverständlich nahmen. Mama funktionierte reibungslos, Papa nicht. Papa war eine dramatische Figur. Ständig touchierte er in seiner Lebensbahn mit irgendwas oder irgendwem. Immer brauchte er einen Feind. Nichts war kalkulierbar, nichts war von Dauer. Entweder oben oder unten, außen oder innen, laut oder leise, komisch oder tragisch. Nichts war mittig. Das war der Grund, weshalb wir uns stets mit ihm beschäftigten. Wir redeten über ihn, wir bangten, ob er gut oder schlecht drauf war. Er tat uns leid, wir lachten über ihn. Wir ärgerten uns, wir verdammten und liebten ihn.

Über meinem Bett hängt ein Bild des amerikanischen Malers Edward Hopper, von dem man auch sagt, er sei der »Maler der Einsamkeit«. Es hängt über meinem Kopf. Ich kann mich nur in ihm vertiefen, wenn ich vor dem Bett stehe. *Benzin*, so der deutsche Titel des Bildes, zeigt einen alten Mann mit aufgerollten weißen Hemdsärmeln unter einer ärmellosen Knopfjacke, wie er an einer der drei Zapfsäulen seiner Tankstelle hantiert, vermutlich liest er den Zählerstand ab. Das ist Papa. Er ist leicht gebückt in seine Tätigkeit versunken. Er trägt wie immer Krawatte. Aus den Fenstern des Kiosks vor ihm strahlt gelbes Licht in die Abenddämmerung. Der Kiosk besteht aus bläulich getönten Holzbrettern. Die Tankstelle steht abseits der großen Routen, ganz eindeutig draußen, irgendwo auf dem Land. Man kann sich vorstellen, dass auf der Asphaltstraße, zwischen Tankstelle und einem dichten dunklen Wald, nur selten ein Auto fährt, und wenn, dann höchstens der Pick-up irgendeines Bauern der Umgebung, ganz sicher kein großer Truck. Die Straße ist von ockergelben Gräsern oder Ähren eingerahmt, versprengten Ausläufern eines möglicherweise dahinterliegenden Kornfeldes. Ich habe viele solcher Tankstellen gesehen, in Arizona, in Nevada – und in einem der besten Filme, die ich jemals sah, *The postman always rings twice*, nach der Novelle von James M. Cain, mit Jack Nicholson und Jessica Lange in den Titelrollen.

Hoppers Kunst besteht darin, das Realistische ins Psychologische zu transformieren. Er macht den Mann an der Zapfsäule zu einem einsamen Sisyphos, der auch unter den Menschen allein bleibt, die hin und wieder zur Tankstelle kommen. Allein bleibt er auch, wenn er einen Vorwand findet, die Tankstelle zu verlassen, um in der nahen Stadt irgendetwas Unwichtiges zu erledigen. Obwohl er sich danach sehnt, gehört er nie dazu. In seiner *Lehre der Sainte-Victoire* beschreibt Peter Handke diese typischen Szenen Hoppers als »verlassen-wirklich«.

Als Hopper das Bild malte, war Papa 26 Jahre alt. Das Genie dieses Malers zeigt sich darin, dass er den alten Mann an einer Straße mit Tankstelle positionierte. Der Künstler wusste, dass Einsamkeit mit Unruhe und Rastlosigkeit zu tun hat, vielleicht sogar die Ursache ist. Auch Papa hatte eine Tankstelle, und mehrmals wöchentlich stieg er ins Auto, um unter irgendeinem, zumeist vorgeschobenen Grund in die Stadt zu fahren. Er war keiner, der w o h i n fuhr. Er hatte nie ein Ziel. In meinen Erinnerungsbildern sehe ich ihn immer als W e g (e)-Geher. Es mag traurig klingen, wenn ich heute sage, dass es Phasen gab, in denen ich mit seiner Abwesenheit besser umgehen konnte, als wenn er da war.

Neben der Tankstelle war unser wirtschaftlicher Schwerpunkt eine Kfz-Werkstätte mit Motorradhandel. Wir verkauften Puch-Motorräder. Damals war der Führerschein ein Adelsprädikat. Er machte den Mann erst zum Mann. Ohne den Führerschein hatte die Geburtsurkunde de facto keinen Wert. Der gelernte Küchenpsychologe weiß um die macht-erotische Strahlkraft der Puch-Motorräder auf die jungen Männer in den fünfziger Jahren. Man hatte einen starken Motor zwischen den Beinen, und um diesen Motor zum Heulen und Seufzen zu bringen, musste man einen Schlüssel in die Vagina des Motorrads einführen. Ich habe heute noch die Bilder der jungen Männer vor Augen, wie sie ein-, zwei-, dreimal Vollgas im Stand gaben, wie sie dabei den Kopf zur Seite drehten, um ihr Ohr expertengemäß dem Motorengeräusch hinzugeben, wie sie auch dann noch, beim Wegfahren, das mehr einem Abstoßen glich, nie auf die Straße davor blickten, sondern immer noch den Kopf seitlich hielten, als müssten sie jede Veränderung sofort sezieren, die der Motor beim raschen hopsenden Hinaufschalten von sich gab.

Ich sehe mich heute noch bei einer der zahlreichen Wertungsfahrten in der Lambauer-Kurve stehen, ich sehe sie heute noch, die waghalsigen »Rennfahrer«. In Lumberjack und Arbeitshose rasten sie dahin, ohne Helm und Handschuhe legten sie sich spektakulär in die Kurve. Sie waren Darsteller, sie fuhren mehr für uns als für sich. Jeder, der ein Motorrad hatte, durfte daran teilnehmen. Damals gab es kein Nenngeld. Außer der Startnummer über der Brust herrschte keinerlei Professionalismus, es gab keine Werbung, keine Eintrittspreise, keine Sturzräume, keine aufgemotzten Motoren. Brillen trugen die Fahrer ausschließlich aus dekorativen Gründen.

Und wir waren ein gutes Publikum, weil wir die Fähigkeit des Staunens hatten. Es gab ja außer dem Alkohol und der Arbeit nichts, bei dem ein junger Mensch an seine Grenzen gehen konnte. Unsere Welt war klein. Jeder kannte jeden Fahrer. Wenn mich meine Erinnerung nicht trügt, gab es trotz Missachtung sämtlicher Sicherheitsvorkehrungen kaum Unfälle. Das ist auch deshalb bemerkenswert, weil es nicht unüblich war, dass die »Rennfahrer« vor dem Start beisammenstanden und einander mit dem einen oder anderen Bier aufstachelten.

Alle diese Bilder haben mich ein Leben lang begleitet. Sie haben dazu beigetragen, dass ich ein leidenschaftlicher Motorradfahrer geworden und – trotz einiger schwerer Unfälle – geblieben bin. Das Motorradfahren hat mein Leben bereichert. Mit meinen Motorrädern habe ich herrliche abenteuerliche Touren auf allen Kontinenten gemacht. Auf der Puch, der Harley-Davidson und auf der Royal Enfield, bei der alles seitenverkehrt war, habe ich mir den Wind ins Gesicht und durch die Haare blasen lassen. Kein Karosserie-Rahmen und keine Scheibe vor dem Gesicht. Unter meinem Gesäß die Kante jeder Bodenkrümmung. Allein die kleinen Ausfahrten durch den sonntäglichen Frühling in der Oststeiermark erinnern mich an die kostbare Dimension des Geruchs, den man nicht im Auto, wohl aber auf dem Motorrad hat, wenn von den Hügeln der Flieder duftet und es in den Ortschaften nach dem Backhendl riecht, das nach Kris Kristofferson nicht nur bei uns in der Südoststeiermark, sondern auch in Texas zu jedem gelungenen Sonntag gehört:

»Then I crossed the empty street
And caught the Sunday smell of someone fryin' chicken …«

Papa war immer gepflegt, Tage ohne Krawatte waren die Ausnahme. Es hielt ihn nie lang an einem Platz, er war immer unterwegs, zu Fuß im Ort, im Auto zum »Teile holen« in Graz oder als Ganztages-Fahrer nach Wien, um bei einem der russischen USIA-Betriebe etwas zu besorgen, das man mit Gewinn weiterverkaufen konnte. Mit meiner Harley bin ich die letzten Jahre sehr oft über die alte Wechselbundesstraße nach Wien gefahren, um an der ehemaligen »Wechsel-Rast« Station zu machen. Ein alter, ehedem sehr bekannter und einflussreicher Freund aus der Politik hatte sich nach dem Tod seiner Frau komplett aus der Öffentlichkeit und hierher zurückgezogen. Stundenlang sind wir beide vor seinem Haus an der Straße gesessen und haben die Welt verbessert. Ich notiere das, weil für mich über jedem unserer Gespräche ein schmerzhafter Hauch von Abschiednehmen lag. Er ist gestorben, ich mache dort immer noch kurze Rast und gedenke seiner.

Papa durfte ich manchmal in die Obersteiermark zum Einkauf in der Landmaschinenfabrik Vogel & Noot begleiten, und dies waren die Zeiten, wo ich ihm nahe war. Er war kein Mensch, der Nähe vertrug, da fühlte er sich nicht wohl. Mir fällt das Bild vom Igel ein, der Nähe sucht, aber sie aufgrund seiner Stacheln nicht zulässt. Er redete nicht viel mit mir, dennoch war für mich jede der Fahrten ein Abenteuer, weil es mich aus der sich stets wiederholenden Routine des Alltags heraushob, und das genügte, auch in mir die Lust des Unterwegsseins zu wecken. Die Fahrten vom Süden nach Wien oder in die Obersteiermark waren damals »Weltreisen«, und es gab die allseits bekannten Raststationen wie das oben zitierte Rasthaus an der Wechselbundesstraße oder »den Weissenbacher« in Frohnleiten. Dort machten wir immer Station, ich durfte erst ein Schnitzel mit Saft und danach Stanitzel mit Schlag essen, dazu gab es immer ein Himbeer-Kracherl.

Damals, im Weissenbacher, verliebte ich mich in die Breite der österreichischen Speisenkarte. Diese Liebe gilt nach wie vor ungebrochen, bei allem kulinarischen Variantenreichtum unserer heutigen globalisierten Küche. Ich finde, dass uns die ganze Welt um die Reichhaltigkeit unserer Küche beneiden kann. Der Weissenbacher übertitelte sein Küchenangebot übrigens – damals in den fünfziger Jahren! – grammatikalisch richtig mit *S p e i s e n*-Karte. Er verwies damit auf das, *was* man speist. Heute sehe ich überall nur *S p e i s e*-Karten, die grammatikalisch nicht darauf verweisen, *was*, sondern *wie* man speist.

Unsere Werkstätte wurde von einem riesigen, tonnenschweren Stahlungetüm beherrscht. Es war eine Drehbank, die Papa sich irgendwann in den Wirren der Nachkriegszeit, als noch nicht klar war, wohin sein Berufsweg ging, von irgendwem hatte aufschwatzen lassen. Irgendwie verlieh dieses rätselhafte Stahlmonster, das als Fremdkörper völlig unbenützt im Raum stand, unserer Werkstätte den Hauch von Kompetenz.

Ein- oder zweimal im Jahr stellte sich Papa vor diese Drehbank. Ohne Sakko, aber in Hemd und Krawatte, drechselte er stundenlang ein Metallstück, dessen Sinn oder Nutzen weder er noch sonst jemand kannte, weil weder er noch sonst jemand wusste, welches Ergebnis er ansteuerte. So werkte er, und sie ließen ihn. Es ist leicht, einen einfach gestrickten Menschen zu lieben. Mama hatte sich für einen schwierigen entschieden, auch weil sie sofort sah, dass er ein nervöses, aber riesengroßes Herz hatte. Und sie verstand es, mit ihm umzugehen. Ihre Liebe zu Papa bestand im Wissen, dass der Mensch bedeutet, was er ist. Sie fragte nicht und achtete darauf, dass keiner seine Konzentration störte, so lange, bis er nach Stunden seine Drehbank abschaltete, das bearbeitete Metallstück für immer zur Seite legte und wegging.

IV.

Fällt Gott aus allen Wolken?

»What are You doing in the name of Your God!« Das steht groß wie eine Schlagzeile des Jüngsten Gerichts an einer Hauswand in Belfast. Es könnte überall auf der Welt stehen, in Afghanistan, in Pakistan, in den USA, im Iran, in Saudi-Arabien, in Frankreich. Es ist das Charakteristikum des Terrors, dass er Unschuldige einbezieht. Terrortragödien sind die grausamen Aufschreie religiöser Fanatiker. Sie sind Resultate sozialer und politischer Verwerfungen, ob in Nordamerika, im Nahen Osten oder in Europa. Diktaturen knüppeln im Namen ihres Gottes Menschen nieder, statt sie aufzuklären. Ihr Gott ist wie jeder Gott dieser Welt eine Kreation der Menschen, kosmetisch den spirituellen Machtfragen entsprechend. Daraus lassen sich regionalen Mentalitäten angepasste Heilsversprechen filtrieren. Damit kann man Menschen besser lenken, weil der Hunger nach Perspektiven verzweifelter macht als der nach Brot. In hysterischen Aktionen werden Außenfeinde an die politische Wand gemalt – nicht nur in den sogenannten Gottesstaaten, überall auf der Welt, auch bei uns im kultivierten Europa.

Millionen Menschen sind unterwegs. Aus dem Norden die wohlhabenden Urlauber in Düsenjets, aus dem Süden die Kriegs- und Wirtschaftsflüchtlinge in

Schlauchbooten. Die verbreitete Ruhelosigkeit nimmt dem Globus die Balance. Europa ist von einer Kette von Brandherden umklammert, aus denen täglich Drohungen und Hilferufe kommen. Der Mensch ist das Problem, als dessen Lösung er sich ausgibt. Er ist das einzige Wesen auf dieser Welt, das weiß, wie man seine Probleme löst. Aber er beseitigt weder Hunger noch Klimasünden oder soziale Ungerechtigkeiten. Nietzsche konstatierte schon vor rund hundertfünfzig Jahren, dass Gott tot sei. Das denke ich überhaupt nicht, wenngleich ich sein pointiertes Wortspiel verstehen kann: »Die einzige Entschuldigung Gottes für die Zustände dieser Welt ist, dass es ihn nicht gibt!«

Ist die Liebe auf dem Rückzug? Die Geschichte zeigt, dass jede Untat dieser Welt auf mangelnde Anerkennung zurückzuführen ist. Auf zu wenig Liebe und Respekt gegenüber einer Person, einer Gemeinschaft, einer Ideologie, einer Religion oder einem Staat. Es zählt zur paradoxen Tragik dieser Welt, dass sich für jede Handlung Argumente finden lassen. Weil es nicht die eine, die einzige Wahrheit gibt. Wir wissen das mittlerweile, aber die Gralshüter der Religionen ignorieren das. Sie haben, wie die politischen Parteien, großteils ihre Kernkompetenz der Sinnstiftung verloren. Rapper, Influencer, Facebook und Instagram kümmern sich statt ihrer um »Sinnstiftung«.

Ich sitze gern in Kirchen, nicht nur im Sommer, um Abkühlung zu finden. Es ist eine gute Möglichkeit, innezuhalten und die Gedanken fließen zu lassen. Als Kind wurde mir Gott sehr selbstverständlich und beiläufig ins Leben geschleust. Er war wirklich der Mann auf dem ewigen Thron. Er war ein Richter und konnte aus den Augen über seinem weißen Bart alles sehen. Er war ein ständiger Aufpasser, und das war beklemmend. Ich bin ein naives Gotteskind geblieben. Ein manchmal peinigendes Gewissen hat mein Leben, auch wenn ich schuldlos war, mehr beeinflusst als die Bergpredigt und die Zehn Gebote. Es gibt bis heute keinen einzigen Abend, an dem ich vor dem Einschlafen nicht jenes Kindergebet bete, das mir eine Tante beigebracht hat:

»Müde bin ich, geh zur Ruh.
Schließe meine Augen zu.
Vater, lass die Augen Dein
über uns'ren Betten sein.
Kranken Herzen sende Ruh',
nasse Augen stille Du!
Alle Menschen groß und klein
sollen Dir empfohlen sein.«

Ich halte mich für gläubig. Meine Glaubenskrisen hatte ich zu der Zeit, als mir die Kirche ganz stark den Weg zu meinem Gott verbaut hatte. Das war zu Zeiten, als der Papst, seine Statthalter und viele Pfarrer die Empfängnisverhütung und sexuelle Orientierungen verdammten. Als diese Ignoranten körperliche Lust als schmutzig denunzierten. Als sie verführten Mägden und Priesterfrauen jede Barmherzigkeit vorenthielten. Als die Bischöfe den sexuellen Missbrauch ihrer Vasallen totschwiegen. Da will ich gar nicht mehr diskutieren, und über die Rolle der Frau in der Kirche will ich schon gar nicht reden. Die Kirche war immer opportunistisch auf Seiten der Mächtigen. Sie ist ihren Schafen immer erst fünf nach zwölf beigestanden. Ich will an das unerreichbare Absolute glauben. Gott ist für mich die absolute Liebe. Sie wohnt in allem. Je stärker ich meine Fähigkeit nutze, mich dieser Absolutheit anzunähern, sie zu leben oder zu wecken, desto stärker verwandle ich mich vom Geschöpf in den Schöpfer. Mein Glaube ist ein Prozess der Annäherung, nie abgeschlossen, immer herausfordernd. Ich halte mich für eine Spielart eines großen Seins. Wie ein Baum, wie eine Eidechse, wie ein Wort.

Ich liebe es, allein in einer Kirche zu sitzen. Ich genieße die Stille. Beinahe jeden Sonntag besuche ich die Messe. Ich liebe das liturgisch-literarische Gemeinschaftserlebnis. Ich liebe die Sinnlichkeit des Weihrauchduftes. Ich mag es, mit den Gemeindebürgern gemeinsam zu atmen, zu singen und zu beten. Im Alltag gehen die Blicke der Menschen so selten in dieselbe Richtung. Die Winde blasen aus allen Richtungen und verwirren die Bewusstseins-Segel. Ich höre gern zu, wie Frauen und Männer der Gemeinde Lesungen vortragen. Aber ich würde mir wünschen, dass mein Pfarrer lebensnäher predigte. Er soll weniger Phrasen dreschen.

Verhör im Beichtstuhl

Malik, mein türkischer Taxler, hält immer seine Misbaha in der Hand. Die Malas, die buddhistischen und hinduistischen Gebetsketten, haben dieselbe Funktion wie die Gebetskette des muslimischen Taxlers, wie die Rosenkränze unserer älteren Frauen damals bei uns auf dem Land. Den ganzen Tag hatten sie sie um den Finger gewickelt, ob sie dabei immer gebetet haben, weiß ich nicht. Sie haben sich versichert, so wie das heute Fernsehmoderatoren mit dem Kugelschreiber machen. Oder Redner, die mit einem zusammengerollten Skriptum in den Händen mehr Kompetenz ausstrahlen und gleichzeitig die Hände ruhigstellen wollen. Man kennt die berühmte Raute der Frau Merkel.

Unsere Frauen in Maisopotamien hatten nicht die Zeit, sich viel um ihr Erscheinungsbild zu kümmern. Sie haben sich am Rosenkranz angehalten.

Sie haben ihre Hände beschäftigt, wie es Raucher tun. Ich musste an das Bild der am Rücken liegenden Käfer denken. Der Rosenkranz war für mich immer materialisierte Inaktivität. Aussitzen statt Handeln. Eine Hingabe an die Droge der Monotonie. Schicksalsergebenheit der hilflosen Herde. Die aufs Jenseits ausgerichtete Selbstfesselung. Für die Absage ans sündige Diesseits zugunsten der Fixierung auf eine herrlich strahlende Jenseitswelt. Dem entspricht die Handlungsweise der alten Gregor-Bäuerin, die nicht sterben wollte, bevor nicht ihre Zähne gerichtet wurden. Zum Ärger ihrer Erben gab sie einige Tausend Schilling von ihrem Ersparten für prachtvolle Implantate aus, bevor sie starb. Ohne provozieren zu wollen, aber darin finde ich eine gewisse Analogie zu den Paradiesvorstellungen moslemischer junger Männer. Nach islamischem Glauben warten auf jeden »seligen« Mann im Paradies 72 Paradieses-Jungfrauen. Dafür würde ich auch viel Geld für neue Zähne ausgeben – auch wenn ich kurz vor meinem Tod nichts mehr zum Beißen hätte.

Unsere alten Frauen hatten einen Mechanismus eingebaut. Der sorgte dafür, dass sie jene Diesseitsfreuden zu immer grässlicheren Sünden hochstilisierten, die sie nur noch selten und mit zunehmender Jenseitsnähe gar nicht mehr genossen. Am Ende verging ihnen jede Freude. Ihre Welt wurde so dunkel, dass der Weg ins Jenseits herbeigesehnt wurde, weil er ein Weg ins Helle war. Die Frauen hatten viel in ihrem Leben mitgemacht. Sie waren darauf gedrillt, ihre eigenen Bedürfnisse zu verdrängen oder schweigsam und geheim für sich zu behalten.

Mir war schon als Kind aufgefallen, dass die alten Männer immer rührseliger wurden, während die alten Frauen in Herbheit erstarrten. Ich denke, dass die Frauen ihr Übermaß an Gefühlen in ihren jüngeren Jahren verbrauchten, als sie Kinder großzogen und sich mit ihrer umsorgenden Liebe emotional verausgabten. Täglich wurden sie neben ihrer vielen Arbeit von ihren Kindern nervlich gefordert, meistens durch Kleinigkeiten, die sich aber summierten: Einmal stürzte ein Kind vom Heuboden, ein andermal aß ein anderes was Falsches, dann machte ein drittes irgendeinen Blödsinn. In der Minute des Geschehens war es für die Frauen ein schreckhafter Schock, der den Gefühlshaushalt explodieren ließ. Am Abend war bereits wieder alles vergessen, nicht einmal einer Erwähnung dem Mann gegenüber wert. Die Frauen haben ihre Tränen in ihrem besten Alter geweint.

Die Männer hingegen waren am Höhepunkt ihrer Schaffenskraft gedrillt auf die Härte der Welt draußen. Beim Verhandeln und Arbeiten durfte man keine Schwäche zeigen. Weinen war absolut undenkbar. Die Männer durften nie Gefühle zeigen. Etwas, wofür sie dann im Alter ihren Tribut zollten. Da lehnten sie sich zurück und wurden rührselig.

Wer durch unser Land geht, dem werden die vielen kleinen Kapellen, die vielen Marterln und Kreuze auffallen. Sie erinnern an Todesopfer und Missernten, an Blitzschläge, Hagel, Brände und Überflutungen. Bei uns im Süden gibt es viel mehr solcher gezimmerter und gemauerter Denkmäler und Gebete als anderswo. Nicht weil unsere Bauern gläubiger wären als andere – der Grund für die große Anzahl dieser religiösen Denkmäler und Insignien liegt in der Felderwirtschaft. Im Unterschied zu den Viehbauern in der Obersteiermark können unsere Bauern das Getreide und das Obst, die Früchte und den Wein nicht wie das Vieh in den sicheren Stall treiben, wenn ein Gewitter kommt.

Unsere Äcker waren dem Wetter immer hilflos preisgegeben. Jeden Sonntagnachmittag gingen die Frauen und Männer zum »Felderbeten«. Da zogen sie über die Äcker. Tibetanischen Gebetsmühlen vergleichbar, hallte ihr rhythmisches Gebetsleiern über die Furchen. Sie gingen über die engen grünen Raine zwischen den Feldern und versuchten, die Ringelblumen nicht zu zertreten, die sie dort als Indikatoren für einen möglichen Krankheitsbefall des Getreides angesetzt hatten. Sie gingen im Gänsemarsch, gebückt und aufgereiht wie ein schmerzhafter Rosenkranz. Heute noch bezeichnen sie bei uns im Südosten, wenn sie »Weida« sagen, das Unwetter. Nur ein »Gewitter« gilt bei uns als Wetter. So wie sie zum Mais »Woaz« sagen. Zum Weizen sagen sie dafür »Bauwoaz«.

Es konnte und kann wahrscheinlich immer noch nicht gelingen, in der Südoststeiermark ein Haus zu betreten, in dem sich keine christlichen Devotionalien befinden – und wenn es nur das Bild des Hubertus-Hirschen mit dem erleuchteten Kruzifix im Geweih ist, das über dem Ehebett hängt. Im Regelfall aber gab es in jedem Haus einen Herrgottswinkel oder ein Marienbild. Einige wenige reiche Häuser besaßen nach dem Vorbild ehemaliger Feudalherrensitze sogar Hausaltäre. Man sollte die häuslichen Devotionalien nicht unbedingt als Gradmesser der Gläubigkeit eines Hauses werten. Sie entsprechen der traditionellen Ikonografie der ländlichen Bevölkerung des christlichen Abendlandes.

Ich habe einen Freund, der in seinem Wald bei Weinburg einen Kreuzweg errichtet hat, als Dank dafür, dass er einen tragischen Bergunfall mit einigen Toten überlebt hatte. Das verweist auf die urchristliche, von den heidnischen Gottheiten abgeleitete Tradition der Kosten-Nutzen-Rechnung zwischen Gott und den Menschen. Unser lieber Gott musste immer bedankt und mit Opfern günstig gestimmt werden. Viele Mägde und Außenseiter können bezeugen, dass er nur in den Lippenbekenntnissen seines Bodenpersonals ein Gott der Toleranz und der Liebe war.

Der Pfarrer taufte nicht nur die Kinder am Beginn des Lebens, er schlug das Lebensbuch mit den Sterbesakramenten auch wieder zu. Er gab die letzte Ölung. Makaber ist mir heute noch das Bild: Aus dem Fenster sehe ich den Pfarrer in seinem schwarzweißen Ornat, wie er mit seinem den Weihrauchkessel tragenden Ministranten durch den windgepeitschten Regen zum Haus eines Sterbenden zieht. Es beklemmt mich. Er marschiert mit nach vorne gebeugtem Körper – gegen das Leben. Unter die linke Achsel hat er seine Bibel geklemmt. Mit der rechten Hand hält er seine schwarze Kappe am Kopf fest. Ich fürchte mich vor dem Pfarrer. Wenn er in unser Haus kommt, weigere ich mich, ihm die Hand zu geben.

Bei uns zu Hause spielte die Religion keine große Rolle. Papa rief in seinen ärgerlichen Minuten zwar oft den »Herrgott« an, dass er sich um Ungerechtigkeiten kümmern möge, die »auf keine Kuhhaut« gingen. So lautete seine Lieblingsphrase. Mama besuchte die Kirche auch nur zu den Anlässen, wo sie als Lehrerin gefordert war. Alles rund um die Kirche und ihre Bräuche war für sie immer nur ein »Gschisti-Gschasti«. Aber der Pfarrer, der Papa eher aus dem Weg ging, mochte Mama. Aus ihrer Zeit bei den Ursulinen kannte sie viele geistliche Lieder. »Preise Zunge das Geheimnis!« – Sie hatte den vollen lateinischen Text des *Pange lingua* von Thomas von Aquin aus ihrer Internatszeit herübergerettet, damit verblüffte sie so manchen Gottesmann:

»Pange lingua gloriosi
Corporis mysterium
Sanguinisque pretiosi

quem in mundi pretium
fructus ventris generosi
Rex effudit Gentium.«

Meine erste Begegnung mit der Kirche fiel in die Zeit, als ich Ministrant wurde. Das war eine schöne und lehrreiche Zeit. Ich wusste zwar nicht, was ich da auf Latein zu murmeln hatte, vom *Dominus vobiscum* bis zum *Agnus Dei*, aber ich kannte bald die wichtigsten Lieder und sang sie aus voller Kehle mit. Bei den Ministranten lernte ich die Kinderbräuche. Wir gingen am 28. Dezember, dem »Tag der Unschuldigen Kinder«, zum »Frisch-und-g'sund-Schlagen«. Am Palmsonntag balancierten wir meterlange Palmbuschen. Am Karfreitag ratschten wir auf Teufel komm raus, weil ja die Glocken nach Rom geflogen waren, und am Karsamstag trugen wir das Weihfeuer von Haus zu Haus. Schon lange vorher hatten wir dazu Baumschwämme aus dem Wald geholt und trocknen lassen. Diese haben wir dann in Blechbüchsen gesteckt. Während wir an den Haustüren unsere Sprüche aufsagten, schwenkten wir die Büchsen wie Weihrauchkessel durch die Luft. Der Höhepunkt meiner Ministrantenlaufbahn aber war, als ich ganz vorne, rechts neben dem Glaunegger Friedl, der das Kreuz trug, die Fronleichnamsprozession anführen durfte.

Als der neue Kaplan mit der Ministrantengruppe ein Theaterstück von Georges Bernanos einübte und mich nicht berücksichtigte, verließ ich wutentbrannt die Ministranten. Am Abend, wenn sie im Pfarrhof probten, lauschte ich lange am offenen Fenster, unschlüssig, ob ich wieder Frieden schließen und hineingehen sollte. Da hörte ich plötzlich den Glaunegger schreien: »Gott ist immer da!« Das reichte. Ich nahm einen Stein und warf ihn in den Probenraum. Dann lief ich davon, vor dem Kaplan, nicht vor Gott. Er sollte ruhig sehen, welche Ungerechtigkeit mir der Kaplan antat.

Einer unserer schönsten Orte, St. Anna am Aigen, hart an der slowenischen Grenze, wird als »Steirisches Bethlehem« bezeichnet. Aus keiner anderen Pfarre in Österreich kommen so viele Priester, Ordensschwestern und -brüder sowie Laien im kirchlichen Dienst. Bis heute sind 36 Priester und Ordensleute aus St. Anna hervorgegangen, unter ihnen ein Kardinal, ein Erzbischof und ein Bischof. Ich bin sehr oft in der Gegend um St. Anna zu Fuß unterwegs, auch das letzte Mal, als ich die Kutschenitza von Radkersburg hinaufgewandert bin, war ich in der Pfarrkirche. Am Hochaltar gibt es die wundervolle Darstellung Annas, wie sie ihre Tochter Maria das Lesen lehrt.

Unsere Region war immer eine Quelle für den Priesternachwuchs. Das hat, wie ich an anderer Stelle schon beschrieben habe, mit starken, sehr offensiv und zuweilen auch diktatorisch regierenden Ortspfarrern zu tun. In unserer sehr armen Region gab es viele intelligente, zum Studieren befähigte junge Burschen. Es fehlte aber an Geld. Und sehr oft mangelte es in dieser hemdsärmeligen Körperwelt den Eltern am Verständnis für geistige Sehnsüchte. Warum sollte man den Broterwerb hinauszögern, fragten sie und ihre gesamte Umgebung. Wichtig war ihnen, das Kind von der Brotschüssel wegzukriegen. Studieren war zudem teuer. Es bedeutete, von zu Hause weg und nach Graz zu gehen. Eine Arbeitskraft fiel aus, musste eingekleidet und mit einer Unterkunft in der Stadt versorgt werden. Das war eigentlich nicht zu leisten. Das ging nur, wenn die Kirche zahlte und das Kind in einem ihrer Internate unterbrachte.

Und das alles betraf nur die männliche Jugend. Die Mädchen waren chancenlos. Der Sohn des Arztes und ich – wir zwei waren die beiden ersten »zivilen« Studenten unseres Dorfes. Wir studierten auf Kosten unserer Eltern. Die Tochter eines Architekten, der zugezogen war, war einige Jahre später, in den Neunzehnsechzigern, das erste studierende Mädchen unseres Dorfes, eine ganz Tüchtige, die es bis zur Primaria brachte. Nur wenige Jahre vor mir entschieden sich vier junge Burschen aus dem Dorf für den Priesterberuf. Einer von ihnen war der hochangesehene Bischof Alois Kothgasser.

Gott wurde für uns Kinder hinter den Ritualen der Kirche versteckt, von denen unser Alltag permanent eingekreist war. Praktisch alle Feste hatten kirchliche Anlässe. Mariä Empfängnis, Weihnachten, Ostern, Christi Himmelfahrt, Fronleichnam, Pfingsten, Allerheiligen. Alle kirchlichen Feste und Zäsuren waren ohne die salbungsvollen und weltfernen Phrasen des Mannes in seiner Medizinmannsoutane undenkbar. Nichtkirchliche Ereignisse waren selten, aber selbst solche, wie profanes Maibaum-Aufstellen und politische Eröffnungen, wurden eingeweiht oder gesegnet. Die ständig wiederkehrende Flut von Messen, Maiandachten, von Felderbeten, Taufen, Firmungen und Trauungen, von Jubiläen und Versehgängen mit letzten Ölungen und letztlich von Begräbnissen zeigt, welch bedeutende Rolle der Pfarrer als Taktgeber allen öffentlichen Lebens spielte. Er stand auf einem weltentrückten Podest und nebelte uns mit dem Weihrauch seiner Rituale und Worte ein. Im Verlauf der Jahre habe ich eine regelrechte Animosität gegen diese gewissen unnatürlichen Modulationen, Floskeln und exaltierten Formulierungen der Pfarrersprache entwickelt. Auch die vielen Heiligenlegenden machten mir zu schaffen. Unsere Heilige Notburga, die als Patronin der Landwirtschaft und der Dienstmägde eine Sichel mit Ähren in den Händen hält, war zwar eines gewaltlosen Todes gestorben, aber die meisten Heiligen wurden uns als Heldinnen und Helden verkauft, weil sie sich für ihren Glauben ermorden, vierteilen oder, wie unser Nepomuk auf der Kirchenstiege, für die Wahrung des Beichtgeheimnisses enthaupten hatten lassen. Mit diesen tausend Jahre entfernten Märtyrern konnte ich überhaupt nichts anfangen. Ich hätte dem Glaunegger Friedl jedes Beichtgeheimnis erzählt, wenn er angedroht hätte, mich zu schlagen. Ich hielt diese Heiligen damals nicht für die logische Entsprechung der von den Christen vereinnahmten antiken Götterwelt, sondern für Narren.

In der Zeit entdeckte ich mein Gewissen. Das machte mir zu schaffen. Ich konnte das nicht so einfach wegstecken. Es beschäftigte mich sogar in meinen Träumen. Lange ging ich mit viel schlechtem Gewissen durch die Gegend. Aber andererseits wehrte sich alles in mir gegen diese Vereinnahmung. Und ich hatte immer Angst vor dem lieben Gott. Ich war überzeugt, dass er mir meine Widerborstigkeit heimzahlen würde – so kinderfeindlich und humorlos, wie er war.

Später im Internat, das von den Marienbrüdern betrieben wurde, trat die Kirche noch deutlicher in mein Leben. Zu jeder Mahlzeit wurde gebetet, etwas, das ich nur aus einigen Bauernhäusern von zu Hause kannte. Die Mehrheit unserer Erzieher waren Ordensbrüder. Ich will gleich an dieser Stelle festhalten, dass sich mir niemals einer der Erzieher auch nur andeutungsweise sexuell genähert hat. Ich habe auch von keinem meiner Internatsfreunde jemals etwas Derartiges gehört. Mein Hadern mit

Gott wuchs sich aber zur Unerträglichkeit aus, als ich genötigt wurde, dem Beichtvater meine Sünden der Reihe nach und expressis verbis aufzuzählen, nicht zuletzt auch, weil der Mann, der im Beichtstuhl sein Ohr ganz nah an das Flechtholzgitter vor meinem Mund drückte, der Internatsdirektor war.

Dieses Bild assoziierte ich später mit der ostdeutschen Stasi. Da wurde mir Gott noch unverständlicher als schon zuvor, zu Hause, wo er Sonntag für Sonntag die Frauen in der Kirche mit Unterwerfungsformeln demütigte. Und beinahe arm und klein wurde der offizielle Kirchengott für mich, als die Präfekten unsere Vergehen mit dem strafweisen Besuch der täglichen Morgenmesse ahndeten. Ich war davon ausgegangen, dass sie ihr Kollar mit der Freude der Überzeugung trugen.

Mit all dem will ich sagen, dass das Kind es sich nicht so einfach machte, dass die Adaption der Religion vielmehr einige Verwirrung stiftete, die möglicherweise bei vielen Kindern das Gegenteil dessen bewirkte, was die Kirche beabsichtigte. Die Pfarrer meiner Kindheit haben mir die Bilder im Schönwetter-Katechismus gezeigt, wo Jesus auf grünem Gras durch Ölpalmenhaine wandelte. Sie haben meine Seele aber nicht mit Drachenblut gegen die Sünden der Unehrlichkeit, der Demut und der Unkeuschheit immunisiert. Diese alltäglichen Grundwerte verblichen neben all dem unwichtigen Firlefanz, den unsere Pfarrer bei allen Auftritten pflegten. Der sogenannte Land-Katholizismus beruhte auf der Festigung von ideologischer Macht und auf einem Sendungsbewusstsein, das den Glauben als den absoluten Gehorsam zu ausgetretenen Pfaden definierte. Das Unwohlsein darüber keimte schon im Kind.

Mit zunehmendem Wachstum wurde es immer drängender. Als Jugendlicher kam ich mir wie ein Skirennfahrer vor, der mit einer ganz hohen Startnummer auf eine total ausgefahrene Piste geschickt wird. Was konnte da passieren? Welche Erfolgserlebnisse konnte es geben? Wie sollte ich da meine eigene Spur finden? Wo lag da ein Lebens-»Sinn«? Welche Denk- und Handlungsmuster lagen dem zugrunde? Ich fand den Umgang der Geistlichkeit mit mündigen Menschen immer bedrückender. Damals hat mich das beschäftigt. Ich habe neue Wege versucht, mich auf andere Kulturen eingelassen, um so etwas wie Selbsterneuerung zu erfahren.

Die Engländer unterscheiden zwischen *path* und *trail*. Den Pfad findet man ausgetreten vor, man folgt ihm. Zum Thema »Pfad« verweise ich auf den sogenannten »Kreis-Instinkt«, über den ich im IX. Kapitel schreibe. Den Trail sucht man, er ist nur durch Zeichen und Hinweise gekennzeichnet, die man finden und lesen muss. In der Jugend dominieren die Trails, später, mit zunehmender Erfahrung, schwenken wir auf die erlernten Pfade ein. Vom ersten Tag im Internat an hat mich die Gleichschaltung aller geistigen und körperlichen Wege beklommen gemacht. Ich wusste die Worte noch nicht, mit denen ich den Diebstahl meiner Trails hätte artikulieren wollen.

Heute berührt es mich nicht mehr. Heute halte ich die Einmischung der Geistlichkeit in Welt und Alltag für frech, arrogant und maßlos. Dabei gibt es mit der Bibel ein Buch, in dem alles steht, was es an menschlichen Fragen und Problemen gibt. Die Bibel halte ich für das absolut größte literarische Werk der Menschheitsgeschichte. Als Mama starb, habe ich an ihrem Sarg meine Lieblingsstelle aus dem Buch Kohelet gelesen:

»Alles hat seine Stunde. Für jedes Geschehen unter dem Himmel gibt es eine bestimmte Zeit. Eine Zeit zum Gebären und eine Zeit zum Sterben. Eine Zeit zum Pflanzen, eine Zeit zum Ernten. Eine Zeit zum Weinen und eine Zeit zum Lachen. Eine Zeit für die Klage und eine Zeit für den Tanz. Eine Zeit zum Umarmen und eine Zeit, die Umarmung zu lösen. Eine Zeit zum Suchen und eine Zeit zum Verlieren. Eine Zeit zum Behalten und eine Zeit zum Wegwerfen. Eine Zeit zum Schweigen und eine Zeit zum Reden. Eine Zeit zum Lieben und eine Zeit zum Hassen. Eine Zeit für den Krieg und eine Zeit für den Frieden.«

V.

»Randschaft« im Schatten

Eingangs habe ich das Land, von dem ich erzähle, schon benannt: Es ist das »Zwischenstromland« zwischen Raab und Mur. Weil in dieser Region überwiegend Mais angebaut wird, nenne ich sie Maisopotamien. Geopolitisch handelt es sich um die Südoststeiermark und den untersten Zipfel des Südburgenlandes um Mogersdorf, wo 1664 Graf Raimund von Montecuccoli das 50.000 Mann starke türkische Heer zurückgeschlagen hat. In den letzten Jahren hat sich für diese Region der Marketing-Begriff »Vulkanland« eingebürgert, weil es zahlreiche Vulkanreste gibt, die heute als Hügel sichtbar sind. Es ist eine Region der Bauern und Handwerker, die nie von Reichtum gesegnet war. Das Land im Schatten *habe ich die Filmdokumentation betitelt, die ich in den achtziger Jahren über diesen Landstrich und seine Menschen für den ORF gedreht habe.*

Maisopotamien, dieser äußerste südöstliche Zipfel Österreichs, als »letztes Eck« der ehemals freien westlichen Welt im wirtschaftlichen Schatten gelegen, ist eine »Randschaft«. Einige wenige Zahlen zeigen das »Bauernsterben« und den agrarwirtschaftlichen Ab- und Umstieg: 1951 gab es noch 61.000 landwirtschaftliche Vollerwerbsbetriebe, heute sind es nur noch um die 10.000. Die Zahl der Nebenerwerbs-Bauernhöfe, also der Pendlerbetriebe, ist hingegen von 17.000 auf über 23.000 gestiegen. Heute gibt es mehr Nebenerwerbs- als Vollerwerbs-Bauernwirtschaften. Das dokumentiert, wie schon einmal beschrieben, die Transformation der Agrar- zur Dienstleistungsgesellschaft.

In all dem zeigen sich aber auch Chancen. Ressourcen wie Grund und Boden werden wieder aufgewertet. Besonders erfreulich ist aber das neu erwachte Interesse der Stadtmenschen für die Erzeugung heimischer landwirtschaftlicher Produkte. Für die bäuerlichen Betriebe ergeben sich daraus neue Herausforderungen, die auch angenommen werden. Ein Wort dazu:

Die Südoststeiermark bietet aufgrund ihrer kleinräumigen Struktur keine rentablen Möglichkeiten zu industrieller Landwirtschaft, die vor etwa 200 Jahren eingesetzt hat. In seinem großartigen Buch Fleisch – weshalb es die Gesellschaft spaltet *zeigt der Sozialhistoriker Ilja Steffelbauer die Entwicklung: Die Heimarbeitsplätze wanderten in die Städte, wo die Fabriken standen. Die zunehmende Verstädterung brauchte die industrielle Landwirtschaft, um die Städter versorgen zu können. Die Überschwemmung der Welt mit den globalen industriellen Lebensmitteln war das Ende der kleinteiligen Selbstvermarktung. Inzwischen gibt es viele Menschen, die die Billigprodukte satthaben. Sie zahlen wieder mehr für Qualität. Das ist die Chance für unsere Bauern. Ihre Produkte brauchen keine großen Transportwege. Das Diktat der Supermärkte wird abgeschwächt. Das*

Gemüse und das Fleisch unserer Bauern sind hinterfragbar, weil sie damit sozusagen »zusammenleben«.

Auf einem solitären Basaltfelsen in Maisopotamien steht die großartige Riegersburg, unser absolutes touristisches Highlight. Eine architektonische Perlenkette von Schlössern wie Kapfenstein, Poppendorf, Weinburg, Brunnsee, Waldegg, Spielfeld und Kornberg durchzieht das Land. Im Wasserschloss Hainfeld künden arabische Inschriften vom mehrjährigen Aufenthalt des berühmten Orientalisten Joseph von Hammer-Purgstall. In der nahegelegenen Abtei von Bertholdstein wurde Kafkas Schloss mit Maximilian Schell gedreht. Im Innenhof dieser Abtei erstreckt sich mit 102 Metern der längste Arkadengang Mitteleuropas. Nur wenige Kilometer weiter ostwärts, genau im Dreiländereck Österreich-Ungarn-Slowenien, liegt – schon auf burgenländischem Gebiet – das Schloss Tabor mit seinem hakenförmigen Grundriss und einem Innenhof mit herrlichen zweistöckigen Arkaden. Auch die etwas gesichtslose Provinzhauptstadt Feldbach verfügt im Zentrum über eine Schutzburg mit Namen Tabor. Mich hat immer gewundert, warum die Stadtväter von Feldbach die Raab nie als Erholungsraum entdeckt und ausgebaut haben. Meine Lieblingsstadt, weit über Maisopotamien hinaus, ist Bad Radkersburg. Die durch Mur und Staatsgrenze zweigeteilte Stadt liegt im absolut südöstlichsten Eck von Österreich. Sie erinnert mich an eine galizische Garnisonsstadt. Immer, wenn ich in dieser zauberhaf-

ten Stadt bin, gehe ich vom Rathausturm quer über den Hauptplatz, an der Mariensäule vorbei, dann durch das bogenförmig gemauerte Frauentor auf den wunderschönen kleinen Frauenplatz mit der Kirche und den drei herrlichen Linden. Der Platz ist eine Oase der Stille, eine ummauerte Enklave, zum Träumen gemacht, zum Innehalten. Ich verlasse ihn in Richtung der gepflasterten Murgasse und wäre nicht überrascht, wenn mir plötzlich der Leutnant Trotta entgegenkäme.

Bad Radkersburg ist der österreichische Teil der durch die Staatsgrenze zweigeteilten Stadt. Der damalige jugoslawische Staatspräsident Josip Broz Tito und Bundespräsident Franz Jonas haben 1969 die Grenzbrücke über die Mur eröffnet. In Gornja Radgona, dem slowenischen Teil, befindet sich vor dem Eingang zur Pfarrkirche die »Stumme«, das ist die ehemalige fünfte Glocke der Kirche. Im Zuge des »slowenischen Befreiungskriegs« wurde sie im Sommer 1991 von einer Granate der jugoslawischen Armee zerstört. Heute soll die schöne stumme Glocke an Versöhnung und Frieden gemahnen. Was mir Glocken bedeuten, darauf werde ich im X. Kapitel ausführlich eingehen.

Straden, Jagerberg und St. Anna am Aigen, das »Steirische Bethlehem«, sind zauberhafte Orte, die nahe Bad Radkersburg rund um ihre Kirchtürme auf den Hügeln hocken. Ein idyllischer Blickfang ist die barocke doppeltürmige Wallfahrtskirche von St. Veit am Vogau, in deren Deckengewölbe der Maler Felix

Barazutti sogar Karl Marx verewigt hat, wie dieser mit erhobener Hand zu Arbeitern spricht. Die Glocken der Bergkapellen von Glojach und Saaz sind weit übers Land zu hören. Und überall gibt es gemütliche Gasthäuser, in denen man sehr preisgünstig gute Backhendl essen und herrlichen Sämling trinken kann.

Auch Kirchberg an der Raab liegt ganz oben am Kamm über der Raab. Der Zwiebelturm der Pfarrkirche wird nicht vom slawischen Doppelkreuz dominiert. Es ist etwas außergewöhnlich, dass die Figur des Heiligen Florian die Kirchturmspitze bildet. Die eigentliche Pointe ist aber die Kirchberger Turmuhr, auf die ein Spaßvogel vor Jahren statt der 12 *eine* 13 *aufgemalt hat. Wer's nicht weiß, dem fällt's nicht auf, dass es in Kirchberg zu Mittag* dreizehn *schlägt! Einige Male hat es auch für meinen Fischer-Freund Otto, den Kirchberger Altbürgermeister, und mich dreizehn geschlagen, wenn wir die Raab hinuntergepaddelt und ins Wasser gefallen sind.*

Bad Gleichenberg, den traditionellen Kurort aus Zeiten der Monarchie, will ich noch erwähnen. Ich sitze gern im Schatten der alten Bäume des Kurparks. Schon Sándor Friedrich Rosenfeld ist dort gesessen – besser bekannt als Roda Roda. Möglicherweise hielt er die Hand der berühmten Schauspielerin Adele Sandrock, mit der ihn eine leidenschaftliche Liebesaffäre verband. Als sein berühmtes Stück Der Feldherrnhügel *1910 verboten wurde und der zuständige Zensurbeamte ihm mitteilte, dass das Stück nicht mehr aufgeführt würde, »solange die österreichisch-ungarische Monarchie besteht«, tröstete ihn die Sandrock mit den Worten: »Kränk Dich nicht, Roda, die paar Wochen wart' ma halt noch!«*

Maisopotamien ist ein Land mit nicht allzu vielen Highlights. Es ist sein Markenzeichen, dass nichts spektakulär ist. Es gibt wenige Superlative. Der Reiz meiner Heimat liegt im Mittelmaß. Die Teiche von Gosdorf, von Brunnsee, Weinburg und Saaz sind keine Tümpel, aber auch noch keine richtigen Seen. Die Wiesen sind weder saftig grün noch ausgedorrt braun-gelb. Es gibt keine hohen Berge und deshalb keine tief eingeschnittenen Täler. Nur Hügelland mit Gräben dazwischen. Nicht ausschließliche Laub- oder Nadelwälder gibt es, sondern Mischwälder. Und im Herbst, wenn dieser Mischwald in den prachtvollsten Farben leuchtet, denke ich mir, dass es genügen muss, dafür zu leben, dass man so schön sterben darf.

Die Weiden-, Frauen- und Hundewelt

Wenn die Luft nach Frühling schmeckt, machen die Leute den Holzschnitt im Wald, in den Weingärten und in den Obstbäumen. In den Wiesen wachsen die frischen Scherhaufen aus dem Boden. Die Gräser atmen auf. Sie recken und strecken sich nach der Schneelast in die Höhe. Die ersten Forsythien und Märzenbecher blühen. Dann kommt der Bärlauch. Nach dem Bärlauch – das ist im April – schreit dann schon der Kuckuck. Der Wilde Flieder beginnt an Wald- und Bachrändern intensiv zu duften. Danach kommt der Spargel, und nach ihm der echte violette und weiße Flieder, die Erdbeeren, die roten Kirschen und der weiße Holler. Früher, als ich ein Kind war, war das so. Inzwischen hat sich da einiges verschoben. Das eine kommt früher, anderes später oder gar nicht mehr, wie zum Beispiel die Kornblumen und der Mohn an den Feldrändern. Sie wurden mit den Jahren weggedüngt. Und der Kuckuck könnte ein Opfer der Klimaveränderung sein, wenn mein Eindruck stimmt, dass ich ihn seltener höre.

Da es insgesamt wärmer geworden ist, brüten jene Vögel früher, in deren Nestern der Kuckuck seine Eier ablegt. Der Kuckuck kommt also seit einiger Zeit zu spät. Die Gastvögel haben längst fertiggebrütet, und der Schelm findet bei seinem Eintreffen aus dem Süden nur noch leere Nester für seine Kuckuckseier vor. So ändert sich alles. Die Leute halten sich beim Essen ja auch nicht mehr an die Saisonen. Im Winter essen sie »leckere« Erdbeeren, dazu trinken sie Prosecco. Ihre Kinder nennen sie Desiree und Marcel. Alles eine Frage der Balance.

Beim Spazierengehen habe ich mich unlängst auf einen Baumstamm gesetzt. Ich habe zwei Waldarbeiter beobachtet, wie sie mithilfe einer Traktor-Seilwinde unter größter körperlicher Anstrengung einen geknickten Baum aus dem Bach zogen. Das war ein herrliches Bild von Arbeit. Körperliche Anstrengung im ursprünglichsten Sinn. Kraftakte per Hand, langwierig und schweißtreibend. Und alles harmonisch, weil im Rhythmus und Tempo des Herzschlags. Weil analog überschaubar und berechenbar. Wenn man die eine Seite des Baumstammes drückt, geht die andere hoch. Das Gesetz von Hebel und Wirkung. Da ist man autark, nicht ausgeliefert. Da ist nichts abstrakt. Nichts ist unvorstellbar digital, maßlos schnell und unsichtbar. Nichts ist jenseits aller Horizonte, zwischen denen unsere Sinne atmen.

Und was man unter Bäumen so alles denkt: Die Bäume brauchen zur Verbreitung ihrer Samen den Wind, das Wasser, die Tiere und die Menschen. Das scheint mir ein ziemlich provokanter Hinweis auf Zusammenarbeit, auf natürliche Synergien und auf ein »Großes Ganzes« zu sein. Ich habe mich gefragt, ob, wann, wo und wie wir Menschen da ausgeschert sind. Ob Klima und Virus nicht die logischen Abwehrmaßnahmen der Natur sind.

Mich wundert nicht, dass wir in der Zeit der Corona-Pandemie die Kirchen geschlossen und die Baumärkte geöffnet hatten. Wer wie ich in Maisopotamien aufgewachsen ist, der weiß, dass der wuchtige Balkon bei allen Neubauten als imposantes »Holz vor der Hütt'n« mehr zum Herzeigen als zur Muße ist. Und dass die Garage der größte Raum ist, weil sie auch Werkstätte sein muss.

Wo man in meiner Kindheit gegen Abend die Kühe brüllen, die Sensen mähen und die Melkeimer scheppern hörte, hört man heute die prosaischen Geräusche der Alleskönner-Bastler. Wenn ich jemals meinen Plan wahrmache und die *Oststeirischen Heldensagen* schreibe, werden die Bastler, die Pfuscher und die Pendler die Hauptfiguren sein. Ich habe das aus den »Garagen« donnernde Hämmern und Sägen und Bohren im Ohr. Da offenbart sich ein gesellschaftspolitischer Wandel auf akustische Art. Es sind meist Pendler. Sie haben keine Kuh mehr und wahrscheinlich haben sie auch das Melken verlernt. Sie haben heute geregelte Arbeitszeiten und geregeltes Einkommen. Es geht ihnen besser. Das Schlimmste, was dem Maisopotamier heutzutage passieren kann, ist nicht das Wetter oder eine kranke Kuh. Das Schlimmste wäre, dass alles einmal fertig ist. Wenn der Stein des Sisyphos einmal oben liegen bleibt, krepiert der Maisopotamier an seiner überschäumenden Motorik.

Was dem Moslem sein Mekka, dem Christen sein Rom und dem Hindu sein Ganges, ist dem Maisopotamier von heute der Baumarkt. Der Baumarkt ist der ultimative Sehnsuchtsort des Südoststeirers. Der Baumarkt ist sein Walhall. Und sein Wappen ist die Mischmaschine. Sein Dienstfahrzeug das Moped. Wer das Glück hat, schon auf Erden einen echten Maisopotamier zu treffen, wird ihn an seiner Uniform erkennen, am Baumarktkappl und an der Jogginghose. Das Baumarktkappl adelt den Maisopotamier zum Helden der Improvisation. Die Jogginghose macht ihn irdisch. Lebens-Lust und Lebens-Sinn sind Moped, Pfusch und Mischmaschin!

Wenn den Südoststeirer die qualvolle Erkenntnis zu peinigen beginnt, dass an seinem Palast nichts mehr fehlt, dass alles komplett fertig ist, wenn über dem Ehebett im Schlafzimmer der Hubertushirsch gähnt und die Frau jedes freie Platzerl mit einem Häkeldeckerl belegt hat, dann wenden sich beide der Unterhaltung zu. Dann tanzen sie und er zu den Trompeten der Oberkrainer den in der Südoststeiermark weltberühmten »Schoas-Beutler«. Dabei drückt er den Oberkörper so fest an ihren Busen, dass er gezwungen ist, aus Gründen der Balance, wie ein Bantukrieger den Arsch weit hinten rauszustrecken. Und wenn er sich der Kunst zuwendet, pflanzt er ohne Unterlass Ziersträucher und verschnörkelt den Vorplatz des Hauses mit Zwergen und Scheibtruhen, aus denen Blumen fließen. Da kann man erkennen, dass die Kunst nicht immer der Arzt ist, sondern auch der Schmerz.

Unsere alten Häuser waren einstöckig. Sie schienen zu der Erde zu gehören, aus der sie wuchsen. Der Grasboden drückte sich dicht an die Mauern. Manche Häuser hatten um den etwas erhöhten Eingang einen gemauerten Vorbau als Windfang oder Regenschutz. Oft war dieser Vorbau schön gestaltet, mit kleinen Stiegenaufgängen, die von Säulen begrenzt und von Blaureben überzogen waren. Über der Eingangstür stand die Jahreszahl des Hausbaus oder ein Sinnspruch: »Hat der Bauer Geld, so hat's die ganze Welt.«

Bei jedem unserer Bauernhäuser stand die Haushecke. Sie gab dem Tisch darunter Schatten. Ihr Hauptzweck war, den Reben des purpurroten Isabella-Weines als Gerüst zu dienen. Die Isabella-Traube ist sehr duftig und schmeckt ein bisschen nach Rosen mit Erdbeergeschmack – oder Erdbeeren mit Rosengeschmack. Das ergibt den geschmacksintensiven »Heckenklescher«-Wein. Wir haben ihn auch »Direktträger« genannt, weil seine Purpurwolken direkt ins Hirn stiegen. Im Regelfall mischten die Bauern aber den Isabella-Wein eins zu eins mit dem Most aus den Maschansker-Äpfeln oder den Mostbirnen und erzeugten das »Bigerl« gegen den Durst im Sommer. Äpfel, Zwetschken und Birnen gab es in den Streuobstwiesen rund um jeden Hof. Alles stand in Balance zueinander.

Nicht nur das Beispiel der oben zitierten »schwangeren« Balkone zeigt, wie sehr die heutigen Häuser die funktionale und ästhetische Balance verloren haben. So wie wir uns insgesamt über die Dimension unseres Herzschlags hinausbewegt haben. Das denke ich mir auch, wenn ich heute auf dem Land die »Storchenpest« sehe: Überall steht der gleiche Holzstorch und zeigt der Welt auf vermeintlich originelle Weise die Geburt eines

Kindes an. Später, wenn die Kinder größer sind, werden die Störche durch grässliches Metall- und Plastikspielzeug ersetzt. Da stehen dann Rutschen, Spiel-, Kletter- und Sprungtürme aus dem Baumarkt für phantasielose Freizeitbeschäftigungen an. Dabei bieten sich um Haus und Hof Phantasie-Anregungen en masse an: Wald, Bäume, Bäche, Wiesen, Buschwerk, Tiere, Werkzeuge, Fahrräder … zum Entdecken, zum Klettern, zum Tauchen, zum Improvisieren. Wir haben die Balance verloren, unsere tektonischen Platten sind gesellschaftlich, kulturell, sportlich, wirtschaftlich, stilistisch, rhetorisch und sogar kulinarisch in Bewegung geraten. Mag sein, dass ich das alles zu eng sehe, dass eine neue, eine andere Balance kommt. Das schräge Licht der Abendsonne hat die Prioritäten meines Lebens umgewichtet.

In meiner Kindheit gab es unendlich viele kleine Hunde-Bastarde. Jeder Hof hatte seinen Hund, und alle diese semmelgelben Landhunde hießen »Bauxerl«. Wer zu Zeiten meiner Kindheit durch das Land ging, bekam möglicherweise das Gefühl, er ginge durch eine Frauen- und Hundewelt. Die durchschnittliche Größe der Höfe betrug vier bis fünf Hektar. Das reichte nicht, um eine Familie im Vollerwerb zu ernähren. Die Männer fingen an zu pendeln. Die Frauen blieben daheim und bewirtschafteten den Hof, der manchmal eine Kuh, zumeist aber nur ein oder zwei Schweine, einige Hühner und einen Mais- oder Rübenacker hatte. Die Hunde bellten von allen Seiten. Sie waren harmlos, aber mit ihrem Lärm bewachten sie die Frauen. Sie fletschten die Zähne, wenn man sich näherte. Sie ließen niemanden auf den Hof.

»Hackt nicht alle Stauden weg! Wo sollen sich die Jungen verkriechen, wenn sie sich vermehr'n!« Ein Bürgermeister schleuderte das seinen Gemeinderäten ins Gesicht. Dabei schlug er mit der Faust auf den Tisch. Er hatte festgestellt, dass in der Gemeinde zu viele Weidenstöcke weggehackt worden waren. »Weiden und Bauern muss man alle drei Jahre beschneiden«, hieß es, »sonst werden sie zu geil.« Unsere Weiden gehören zum Land wie die Wiesen, deren Feuchtigkeit sie anzeigen, wie die Tümpel, an denen die Libellen kreisen. Mit ihren »Palmkatzerln« bilden die Weiden im erwachenden Frühjahr die erste Nahrung für die Bienen. Am Bachrand geben sie mit ihren kräftigen weitläufigen Wurzeln Tieren Unterschlupf und sorgen dafür, dass der Bach bei Hochwasser in seinem Bett bleibt. Unsere Leute haben schon sehr früh den Wert der Weiden erkannt und genutzt: Nach einem ausgiebigen Wasserbad lassen sie sich sehr gut zum Flechten von Zäunen, Körben oder gar Möbelstücken verwenden. Heute werden Weiden auch gepflanzt, um Biomasse für die Heizwerke zu liefern. Zu festlichen Anlässen wanden sich die kleinen Mädchen Weidenkränze um den Kopf. Als ich das erste Mal Theater spielte und ein König mit Krone war, trug die Korber Vreni einen wunderschönen Weidenkranz auf dem Kopf – meine Königin.

Die Kürbisse darf ich nicht vergessen. Sie sind ganz typisch für unsere Region. Das Kernöl ist so etwas wie ein Alleinstellungsmerkmal geworden. Neben den Stoppelfeldern liegen die gelben Kürbisse, *Cucurbita pepo*, wie herabgefallene Vollmonde. Der Kürbis war, wie fast alles, vom Setzen bis zur Ernte ausschließlich Frauenarbeit. Die Kürbiskerne mussten das Glockenläuten hören. Die Frauen durften sie nicht zu tief in die Erde setzen, und sie mussten lügen, sonst keimten die Kerne nicht. Und dann bei der Ernte saßen die Frauen zu zweit oder mehreren auf Stühlen zum »Kürbis-Patzeln« mitten in den Feldern. Heute sieht man diese Bilder nur noch sehr selten. Es sind Motive, die die Schönheit der Armut zeigen, Bilder, die darauf verweisen, wie sehr Idyllen lügen können. Es sind aber auch Bilder, die auf den harmonischen Ablauf des Jahres verweisen. Zweieinhalb Kilo Kerne braucht man, um einen Liter undurchsichtiges dunkelgrünes Öl zu erhalten. Die Kerne werden nicht nur gemahlen, sondern auch mehrere Stunden lang geröstet. Bei uns reden alle von der potenzfördernden Wirkung des Kernöls. »Wenn du mit einem Kernöl-Schlucker auf dem Heuboden liegst, ist das wie eine Fuhre Sand abladen«, hat die Stöckl Herta beim Maitanz gesagt.

Ich habe als Kind viel Zeit auf den Feldern zugebracht, weil meine Freunde in der Nähe ihrer Mütter bleiben mussten. Im heißen Sommer trugen die Frauen keine Unterhosen, und wir positionierten uns immer so, dass wir einen Anblick hatten, wenn sie sich bückten. Wenn wir auf dem Schulhof über den »schwarzen Pelz« zwischen den Beinen der Frauen tuschelten, nannten wir ihn »Heilige Heimat«. Günter Grass muss in seiner Kindheit auch von den Bildern der Frauen beeindruckt gewesen sein, die mit weiten Röcken und ohne Unterhosen auf den Feldern arbeiteten. Oskar Matzerath wird auf einem kaschubischen Feld von einem Brandstifter gezeugt, der vor der Polizei unter den Rock der Agnes Bronski geflohen ist.

Heute tuckern die Traktoren die Hügel hinauf und hinunter. Sie sind gehorsame und bedächtige Maschinen-Tiere, die zur Zeitlosigkeit der Felder passen, ohne Launen und Krankheiten. Heute besteht die Viehwirtschaft Maisopotamiens fast ausschließlich aus Hühnerzucht und Schweinemast. Der Pferde- und Rinderbestand ist in den letzten Jahrzehnten um achtzig Prozent zurückgegangen. Damals halfen bei der Feldarbeit die Pferde, vor allem aber die Kühe. Und die Frauen.

Auf ihnen lag die Hauptlast. Sie waren alles: Landarbeiterinnen, Ehefrauen, Mütter, Köchinnen, Wäscherinnen, Samariterinnen. Wenn die Kuh krank war, war der Bauer besorgt, war die Frau krank, war er ihr böse. In der überaus klerikal-paternalistischen Gesellschaft waren unsere Frauen immer die Antwort, aber sie wurden nie gefragt. Es gab zweierlei

Frauen. Die einen, die sich lautlos wie Fische ihrem Opferdasein hingaben. Und die anderen, die aktiv »mitspielten« und sich selbstbewusst als Subjekte der Begierde verkauften. Sie wurden der weibliche Flor des ländlichen Wirtschafts- und Politadels. Auch die eheliche Liebe war eine Kosten-Nutzen-Rechnung: Nicht wenige der Frauen genossen für den Einsatz ihrer Vulvas die angesehenen Rollen als Frau Bürgermeister, Frau Baumeister oder gar Frau Abgeordnete.

Am Rosenbach, nicht weit von unserem Haus, war die Gurmann-Schmiede. Die Gurmanns, er wie sie, hatten knallrote Haare. Ich bin viele Male vor der weitgeöffneten Tür des Schmieds gesessen und habe zugeschaut, wie er rotglühende Hufeisen aus der Esse genommen und einem stoischen Pferd auf den Huf gedrückt hat, dass es nur so zischte und rauchte. Einmal habe ich erlebt, wie die Frau Gurmann ihren Gatten um Geld fürs Einkaufen bat. Da hat er seine Brieftasche aus dem Sack genommen und sie, »die Gewissenlosigkeit der Weiber« lauthals verfluchend, in ein Eck geschmissen. Seine Frau bückte sich ungerührt nach der Brieftasche, hob sie auf und gab sie ihm. Sie wirkte wie eine Schülerin, die bei irgendeiner Untat ertappt wurde. Er nahm die Brieftasche, öffnete sie und gab seiner Frau Geld. Sie nahm es demütig entgegen. Als sie wegging, plärrte er ihr noch einen Fluch nach. Ich sah, wie sie in sich hineinlächelte. Und ich ärgerte mich über den lieben Gott, wenn er den Frauen Sonntag für Sonntag Unterwerfungsgesten abverlangte, während die Männer im Gasthaus saßen: »Oh Herr, ich bin nicht würdig, dass Du eingehst unter mein Dach.«

Wenn die Frauen nach der Messe und den Jenseitsverweisen des gestrengen und absolut humorlosen Pfarrers ihren Männern ins Gasthaus nachkamen, genossen sie dankbar und mit schlechtem Gewissen, ob der Kosten, die Diesseitsfreuden eines kleinen Gulaschs mit einer riesengroßen Semmel, wie sie damals bei uns noch üblich waren. Und beim Essen mussten sie sich verschämt die ordinärsten Witze der Männermeute anhören. Hätte eine laut gelacht, wäre sie als ordinär verschrien worden.

Ich habe später, als ich zur See fuhr, oft daran denken müssen, wenn wir Balkan-Auswandererfamilien nach Australien schifften. Den Männergesichtern sah man unter ihren Kappen den Aufbruchsmut an, die Frauen wirkten verschüchtert, wie gewaltsam Entführte. Unsicher saßen sie bei den Mahlzeiten. Sie griffen kaum selbst zu. Sie aßen misstrauisch prüfend, was man ihnen auf den Teller legte. Ich bediente diese Frauen als Steward. Nach den Essen standen sie auf den oberen Decks und drückten sich wie Pinguine in der Kälte zusammen. Ich brachte ihnen Körbe mit Gebäck und Obst, die sie, befreit von fremden Tischritualen, hinunterschlangen. Alle diese Frauen trugen auch auf dieser großen Reise in eine ungewisse Zukunft Kopftücher. Sie waren losgerissen, entwurzelt, nicht aufbruchsbereit und für die Fremde bei Weitem nicht so gerüstet wie ihre Männer. Diese Frauen *gingen weg*, ihre Männer *gingen wohin*.

Auch bei uns in Maisopotamien, das ja nicht so weit weg ist vom Balkan, gab es keinen Mann ohne Hut und keine Bäuerin ohne ihr Kopftuch. Das wäre so ungewohnt gewesen wie eine Frau, die ohne Handtasche im Gasthaus allein auf die Toilette ging. Immer gingen die Frauen nur zu zweit aufs Klo. Und mir fiel als Kind schon auf, dass sie stets kichernd zurückkamen. Der Besuch der Toilette war ein Ausbruch. Ein Befreiungsschlag zum Aufatmen.

An den Sonntagen trugen die Frauen schöne schillernde schwarze Kopftücher, werktags waren die Tücher mit Mustern bemalt. Nach dem Gasthaus-Gulasch musste die Frau vor dem Mann nach Hause gehen. Sie hatte sich bereitzuhalten. Wenn er nachkam, früher oder später, nüchtern oder angeheitert, konnte sie pünktlich das Backhendl oder den Schweinsbraten anrichten. Dann kam der Sonntagnachmittag. Das war die einzige Zeit der Woche, die nur ihr gehörte. Da lag er auf der Küchenbank. Sie hörte beim Bügeln die Radiosendung *Wünsch dir was,* in der die Moderatoren das Leben schönredeten. Die eingesandten Texte der Glückwünsche, die die Radiohörer mit einem Musikwunsch verbinden und durchgeben ließen, endeten mit der vielmals wiederkehrenden, an das Gratulationskind adressierten Floskel: »Und bitte arbeite nicht so viel!« Manche Anrufer sagten noch: »Und abschließend möchte ich alle grüßen, die was mich kennen!« Danach kam die Musik, und die Frau summte glücklich mit, wenn ihr die Schlagerstars all das in herzerweichenden Texten vorsangen, was sie immer schon empfunden hatte.

Nur etwa zwanzig Kilometer von unserem Dorf entfernt lebte eine meiner Tanten. Die Tante Fanni liebte meinen Vater, ihren Halbbruder, mehr als alle anderen Geschwister, weil Papa die Leiche ihres im Krieg getöteten Sohnes, ihres einzigen Kindes, allein und ziemlich wagemutig von Vorarlberg nach Hause überstellt hatte. Sie war mit einem für unsere Gegend sehr untypischen Bauern verheiratet, dem schweigsamen Onkel Flurl. Ihr Hof war der größte ihrer Gemeinde. Die beiden lebten sehr partnerschaftlich. Der Onkel Flurl überließ das Entscheiden und Anschaffen eher seiner Frau. Wenn ich hin und wieder mit dem Fahrrad die zwanzig Kilometer über die Hügel fuhr, um die beiden zu besuchen, redete der Onkel Flurl mit mir nicht viel, aber er lehrte mich das Melken und das Mähen mit der Sense. Er erzählte mir die unglaubliche Geschichte von den Aalen, die kilometerweit über nasse Wiesen von Bach zu Bach wanderten. Und jeden frühen Abend nahm er mich in das benachbarte Gasthaus mit.

Dort gab es eine Lehmkegelbahn, auf der ich mir bei der aufregenden Tätigkeit des Kegelbuben einige Schillinge verdienen durfte. Leider starb der Onkel Flurl sehr früh. Nach seinem Tod redete die Tante Fanni mit keinem im Ort auch nur noch ein Wort. Sie grüßte nicht und ließ sich nicht grüßen. Sie sagte, dass sie für Leute nichts übrig habe, die immer nur ihren Mann wahrgenommen hatten. Sie verpachtete alles, was Arbeit machte. Täglich und bei jedem Wetter besuchte sie ihren Sohn auf dem vier Kilometer entfernten Friedhof. Sie brachte ihm Blumen aus ihrem Hausgarten. Unterwegs pflückte sie in den Wiesen zu ihren Gartenblumen noch Schafgarben, Schoßmöhren und Margeriten. An den Nachmittagen saß sie mit der aufgeschlagenen Zeitung vor sich am Tisch und schaute unentwegt aus dem Küchenfenster. Mit Einbruch der Dämmerung schlug sie die Zeitung zusammen. Sie wischte einige nicht vorhandene Brösel vom Tisch und ging ins Bett. Körperlich blieb sie rüstig, als aber ihrer Seele zu kalt wurde, starb sie.

In der Zeit meiner Kindheit, also in den fünfziger Jahren, begann der große Treck nach Westen. »Go West« hieß es. Die Jugend pendelte nach Tirol und Vorarlberg, aber auch in die Schweiz aus. Dort begann die Nachkriegswirtschaft zuerst zu blühen. Unsere Leute, die ja aus der Landwirtschaft kamen und deshalb keine Berufe gelernt hatten, fanden Beschäftigung im aufkommenden Tourismus, aber auch bei den großen Bauprojekten am Großglockner, in Kaprun, bei den Illwerken. Im Vergleich zur Heimat wurden dort herrliche Löhne gezahlt. Sie lernten die Vorteile geregelter Arbeitszeiten kennen. Sie waren Wochen- und Monatspendler, viele wanderten ganz weg von zu Hause. Sie heirateten, wurden Schweizer, Vorarlberger und Tiroler und brachten es zu einem gewissen Wohlstand. Viele meiner Volksschulfreunde sind unter ihnen. Von denen weiß ich, dass heute noch ganz hinten im Kopf das Heimweh nach unserem Hügelland pocht. Und das erinnert mich an die verweinten Augen unserer Nachbarin, der Wagnermeisterin, als ihr zweiter Sohn in die Schweiz ging. Hinter dem allgemeinen wirtschaftlichen Aufschwung gab es damals auch viel Trennungsschmerz.

VI.

Der General in Temesvár

Am 21. Dezember 1989 sprach der rumänische Diktator Nicolae Ceaușescu vor 100.000 Menschen im Zentrum von Bukarest. Die Menge jubelte ihm zunächst zu. Nach wenigen Minuten musste er fassungslos hinnehmen, dass sie ihn ausbuhten. Vier Tage später, am Christtag, wurden er und seine Frau Elena standrechtlich erschossen. Einen Tag später traf ich mit meinem Fernsehteam in Temesvár ein, jener Stadt im Banat, von wo die Revolution gegen Ceaușescu und die Kommunisten ihren Ausgang genommen hatte. Der Aufenthalt in der Stadt war riskant, weil viele Mitglieder der Securitate, des kommunistischen rumänischen Geheimdienstes, ihre Waffen nicht niedergelegt hatten und in einer Art Guerillakrieg weiterkämpften. Die Armee und ihre Generale hatten sich auf die Seite des Volkes gestellt.

Unsere Dreharbeiten gestalteten sich überaus gefährlich. Immer wieder wurde geschossen. Ständig mussten wir in Deckung gehen. Täglich schickten wir einen Boten mit unserem Filmmaterial die wenigen Kilometer über die Theiss ins ungarische Szeged, von wo Film und Ton nach Wien in die Zeit im Bild *überspielt wurden. Damals wurde mir erstmals richtig bewusst, dass wir im Fernsehen vieles zeigen konnten, nicht aber die enorme Kälte im Freien, aber auch in den Häusern. Es gab nichts, schon gar kein Heizmaterial.*

Ceaușescu war nach einem Schnellgerichtsverfahren hingerichtet worden, um den Guerilla-Kämpfern der Securitate die Aussichtslosigkeit weiteren Widerstandes vor Augen zu führen. Nach seinem Tod ergaben sich auch viele Securitate-Leute. Sie erhielten Straffreiheit zugesichert und wurden kaserniert. Zum befehlführenden General der Region Temesvár hatte ich einen sehr guten Kontakt aufgebaut. Er sagte mir zu, kasernierte Securitate-Kämpfer filmen und interviewen zu dürfen. Als wir zum vereinbarten Zeitpunkt an Ort und Stelle waren und uns der General schon zu den Securitate-Leuten führen wollte, kam plötzlich aus dem Nichts ein junger gepflegter Rumäne in teurer westlicher Kleidung und verbot alle Aufnahmen. Der junge Mann fackelte nicht lang, die Zusage des Generals sei ungültig, sagte er barsch, bevor er wegging, so schnell, wie er gekommen war. Der hochangesehene General zuckte nur mit den Schultern und verabschiedete uns. Es ist mir bis heute nicht gelungen, die Identität oder Kompetenz dieses jungen Mannes herauszufinden.

Wenige Tage später flammten die Kämpfe in Temesvár noch einmal so stark auf, dass der General uns bat, das Gebiet zu verlassen, die ausländischen Presseteams seien besonders gefährdet. Bei starkem Schneefall fuhr uns ein rumänischer Taxifahrer an die serbische Gren-

ze. Wir mussten zu jeder Sekunde mit einem bewaffneten Überfall rechnen.

Ich habe für den ORF in der ganzen Welt arbeiten dürfen, bei den Coca-Bauern in Peru, bei den Massai in Tansania und bei den Opalgräbern im australischen Outback. Mein interessantester Einsatz aber war die Tätigkeit rund um den Ostaufbruch, als die kommunistischen Staaten des Ostens wie die Dominosteine fielen.

Der ORF hatte maßgeblichen Anteil an der Befreiung der osteuropäischen Völker, weil wir damals das Hauptmedium waren. Es gab keine sozialen Internetverbindungen. Bis tief hinein nach Polen und in die Ukraine wurden wir empfangen. Gegen die Informationen über die Satelliten half den östlichen Regimen keine Zensur, da nützten keine Mauern und keine Stacheldrähte. Ich durfte an allen »Fronten« arbeiten, als Reporter draußen in Rumänien, als Chef vom Dienst in der Redaktion und als Moderator der Zeit im Bild *im Newsroom. Jeder Tag war spannungsgeladen, das Informationsangebot war um ein Vielfaches größer als die Nachfrage, sodass wir damals viele zusätzliche* Zeit im Bild*-Sendungen platzierten, nicht nur am Tag, auch in der Nacht, und das fast stündlich. Ich erhielt von meinen Chefs eine Sonderprämie, weil ich viel am Relaunch der Sendung mitgearbeitet hatte, der aufgrund der hysterischen Weltereignisse notwendig geworden war. Vom Fernsehpublikum wurde ich 1990 zum beliebtesten TV-Moderator gewählt. Ich erhielt als ers-*

ter Journalist des ORF die Goldene Romy. Vor dem Ostaufbruch hatte uns der erste Golfkrieg in Atem gehalten, dessen Tragweite wir damals überhaupt noch nicht einschätzen konnten. Die politische Welt war aus den Fugen. Die Zukunft war unberechenbar, die einzige politische Konstante war die Labilität.

Als am 27. Juni 1989 Außenminister Alois Mock und sein ungarischer Amtskollege Gyula Horn in der Nähe des Grenzübergangs Klingenbach/Sopron mit Drahtscheren den Eisernen Vorhang durchschnitten, war das der Beginn des Endes der bipolaren Welt. Die Symbolkraft des Bildes, das mein Kollege Bernhard J. Holzner von dieser Aktion fotografierte, machte Weltgeschichte. Es strahlte auch in den Osten und tat seine Wirkung. Zehntausende Ostdeutsche kamen danach durch dieses Loch im Eisernen Vorhang nach Österreich, bis dann am 9. November 1989 mit dem Fall der Berliner Mauer der historische Irrtum namens Kommunismus endgültig beendet war. Es war nicht das »Ende der Geschichte«, wie der amerikanische Historiker Francis Fukuyama jubelte, aber es war der Beginn einer neuen Zeit.

Tote Fische an der Grenze

An einem sehr frühen Morgen eines Ostersonntags wurde ich geweckt. Ich bin mir nicht mehr sicher, aber ich denke, es war 1978. Ich war Redakteur des Aktuellen Dienstes im ORF Landesstudio Steiermark und hatte Bereitschaftsdienst. Während wir in Richtung Spielfeld rasten, adjustierten mein Kameramann und sein Tonassistent ihre Geräte. Unweit der Bundesstraße, die von Graz nach Marburg führt, war von den jugoslawischen Grenzern ein Flüchtling erschossen worden. Ein solcher tödlicher Vorfall war in unserer Grenzregion sehr selten.

Bei uns war der Eiserne Vorhang, der uns von Ungarn und Jugoslawien trennte, verhältnismäßig »human«, vor allem der zu Jugoslawien. Es gab Doppelbesitzer, die täglich hin und her wechselten. An einem kleinen Grenzübergang auf der südsteirischen Weinstraße zeigten sich die Grenzer beider Seiten sogar stolz beim gemeinsamen Kartenspiel. Es hieß aber allgemein, dass die jugoslawische Seite ihre Grenzer nicht aus dem uns benachbarten Slowenien oder Kroatien rekrutierte, sondern aus den südlichen Regionen um Serbien, aus Montenegro und dem Kosovo, weil die weniger nachbarschaftliche Beißhemmung hätten.

Der in den Weinhügeln nahe Spielfeld erschossene Flüchtling war ein Tscheche. Er hatte auf mehrmalige Anhalterufe nicht reagiert und wollte davonlaufen. Das alles erfuhren wir unter vorgehaltener Hand, also inoffiziell, von einem österreichischen Grenzpolizisten. Der Todesschuss war kurz nach Mitternacht, mithin Stunden vor unserem Eintreffen, abgegeben worden. Wir mussten von einem dem Tatort gegenüberliegenden Hang aus versuchen, einige Bilder in die Kamera zu bekommen. Männer mit und ohne Uniform standen im Morgengrauen um den Toten herum. Einige hatten Blöcke in der Hand, in die sie immer wieder etwas schrieben.

Dann kam ein grauer Kastenwagen. Er konnte nicht bis zur Männergruppe fahren und hielt gar nicht weit von uns, aber natürlich jenseits der Staatsgrenze. Zwei offensichtliche Bestatter in grauen Mänteln entstiegen dem Auto. Sie grüßten zu uns herüber. Sie öffneten die hintere Ladetür und zogen einen offenen braunen Holzsarg heraus. Mit dem gingen sie dann einen längeren Weg durch eine hohe nasse Wiese zur Männergruppe. Ich fragte mich, warum der erschossene Flüchtling den Schutz der Wiese nicht hatte nützen können. Erstmals sahen wir den Toten aus der Ferne, als sie ihn aus der Wiese hoben und in den Sarg verfrachteten. Eindeutig war zu erkennen, dass er schon steif war, dass sie seine Gliedmaßen drücken und biegen mussten, um ihn in den engen Sarg hineinzukriegen. Dann hoben die beiden Bestatter den Sarg an. Als sie verhältnismäßig knapp an uns vorbeigingen, starrten sie so konzentriert auf unsere Kamera, dass einer von ihnen ins Stolpern kam und der Tote aus dem Sarg fiel.

Als Journalist hatte ich immer wieder mit solchen Grenzzwischenfällen zu tun. Sie verliefen nicht immer tödlich. Es gab auch freudige Meldungen von der Grenze, als ich etwa über die erfolgreiche Flucht von einigen Rumänen berichten durfte, die mit einem alten Flugzeug bis zu uns gekommen und wohlbehalten in einem Rübenfeld gelandet waren. Die Schlagzeilen in ganz Europa feierten den »Rübenbomber«.

Solche Erfolgsgeschichten waren Ausnahmen. Tausende Flüchtlinge und Soldaten starben an den Grenzen des Eisernen Vorhangs bei Fluchtversuchen. Minengürtel, Stacheldraht, Berliner Mauer, Schießbefehl – das waren die schmutzigen und blutigen Stichworte zu dieser hermetisch abgeriegelten Todesgrenze, die sich von der Barentssee bis zur Ostsee und dann nach Süden durch Deutschland, an unserer Region vorbei, bis an die slowenische Grenze zog. Der Eiserne Vorhang teilte die Welt in zwei Seiten. Unsere Seite war die der marktwirtschaftlich orientierten demokratischen Staaten der sogenannten westlichen Welt. Jenseits von Stacheldraht und Mauer lagen die planwirtschaftlich geleiteten kommunistischen Diktaturen des Ostblocks.

Ich war elf Jahre alt, als der Eiserne Vorhang erstmals in mein Bewusstsein gerückt wurde. 1956 brach der sogenannte Ungarische Volksaufstand aus. Das Volk erhob sich gegen die kommunistische Diktatur. Das Land trat aus dem Warschauer Pakt aus und erklärte seine Neutralität. Sowjetische Truppen marschierten schließlich in Ungarn ein und beendeten diesen Aufstand. Auch zu uns verschlug es viele ungarische Flüchtlinge, es gab nicht wenige Leute, die Ungarn aufnahmen.

Ich erinnere mich noch an einen ganz besonders, Geza. Er war etwa siebzehn Jahre alt und hatte bei einer befreundeten Familie Aufnahme gefunden. Im Dorf integrierte er sich sehr schnell. Er konnte gut Fußball spielen und lernte unsere Sprache in Rekordzeit. Er maturierte, studierte und wurde ein erfolgreicher Architekt. Ich habe ihn später oft zum Kaffeeplausch getroffen. Einer seiner beiden Söhne wurde ein sehr bekannter Opernsänger.

Monatelang beherrschten die tragischen ungarischen Ereignisse damals alle Nachrichten in den Medien. An den Stammtischen, in allen Familien waren sie das Hauptgespräch. Die Meldungen aus Ungarn konnten blutiger nicht sein: Schüsse in die Demonstrantenmenge, Erschießungskommandos, Hinrichtungen, Verhaftungen – das alles beschäftigte das Kind und beherrschte seine Träume. Hysterisch gebrüllte Befehle, panische Hilfeschreie, Gewehrsalven und Todesschreie wucherten in der Phantasie des elfjährigen Buben, der ich war. Alle Meinungen, Vorurteile und Geschichten über den grausamen Osten und seine brutalen Diktatoren, über Verhaftungen und Unterjochungen wurden dem Kind, das seine verständnislosen Ohren immer gespitzt hielt, bestätigt. So wurde uns allen, die wir in seinem Schatten lebten, der Eiserne Vorhang ein Leben lang zu jener gesellschaftspolitischen Hölle, an der wir unseren Himmel definieren konnten. Das blieb er auch nach dem Zusammenbruch des Kommunismus, nach der Schleifung von Stacheldraht, Todesstreifen und Berliner Mauer, nach dem Ende der bipolaren Welt und ihres Kalten Krieges.

Mir war eingetrichtert, dass bei uns die Guten und drüben die Bösen waren. Andererseits sah ich aber die Menschen jenseits des Stacheldrahts dasselbe tun, was unsere hier taten. Sie pflügten mit den Traktoren oder Pferden die Erde, und diese Erde war genauso nass und schwarz und schwer wie bei uns. Wie bei uns liefen den Bauern Hunde nach. Sie hatten nur das Pech, einige Kilometer zu weit im Süden geboren worden zu sein. Die Bösen, die für alles verantwortlich waren, sah man nicht. Sie saßen im Fernsehen und in den Moskauer Büros.

Moskau war das Auge des Taifuns, seine Vasallen lauerten mit ihren geladenen Gewehren in den Wachtürmen. In den Zeitungen sah man die alten bösen Männer in ihren grauen Anzügen. Wie aus der Welt gefallen, duckten sie sich mit grimmigem Blick hinter riesigen Podiumstischen vor Delegiertenpuppen in riesigen Konferenzhallen. Sie brachten jeden und einander um, wenn es um die Macht ging. Sie waren farblos wie alles bei ihnen. Grau wie ihre Städte, grau wie ihre Schulen, grau wie ihre großen Volkshallen, grau, grau – grau-sam war alles dort. Und gefährlich. Den ganzen Tag musste man »drüben« aufpassen, dass man nichts Falsches sagte. Wir hatten ja auch gehört, dass dort im Osten sogar Kinder ihre Eltern und Männer ihre Frauen bei der Behörde meldeten, wenn diese etwas Unrechtes über den Kommunismus sagten. In jedem Dorf wurden jeden Tag Leute eingesperrt und gefoltert, damit sie das sagten, was die kommunistischen Apparatschiks hören wollten. Und alle waren arm und hatten nichts zu essen. Nur den Oberen ging es gut.

Durch meine Nächte geisterten die marschierenden Menschen des Ungarnaufstands. Die tragischen Schicksale der Flüchtlinge drüben, auf der dunklen Seite der Welt, verdunkelten meine Träume ins Moll. Bis sich mit den Jahren des Heranwachsens der Schlamm des Ungefähren klärte, hatte sich ein Mysterium von Exotik in mir aufgebaut. Je älter ich wurde, umso mysteriöser wurde mir die kommunistische, die östliche Welt. Alles dort, der Alltag in den Städten und Dörfern, der Umgang der Menschen miteinander, deren Ducken und Flüstern, geriet mir zum rätselhaften Faszinosum. Dieser Teil der Welt wurde zum großen Geheimnis, das nach Aufklärung heischte. Ich verschlang alles, was ich darüber zu hören oder zu lesen bekam.

Im Theater bezeichnet der »Eiserne Vorhang« die hermetische Trennung von Bühne und Zuschauerraum. Er ist ein Sicherheitskordon. Und so ging es mir auch mit dem großen Welttheater: Die weggesperrte östliche Welt hatte ein geheimnisvolles Eigenleben entwickelt, eigene Sprachidiome und Phrasen, eigene Kulturen und eine eigene Literatur. Das Kind verglich diese Welt mit der Kirche. Dort passierte auch alles hinter dem Vorhang. Ihre Würdenträger waren auch grimmige alte Männer. Das Faszinosum des Geheimnisvollen der kommunistischen Welt fand ich auch in der Heiligen Messe. Dort sprach der Pfarrer nach dem Tridentinischen Ritus ausschließlich lateinisch. Das hatte seinen Reiz und hob den Pfarrer gegenüber seinen Gläubigen auf ein Podest. Die Kirche war absolut humorlos. Die später aufkommende englische Popmusik erinnerte mich an die lateinische Messe. Der Umstand, dass die Jugendlichen die Popmusiktexte nicht oder nur bruchstückhaft verstanden, erhöhte sie ins Transzendente. Das entsprach der nebulosen Sinnsuche heranwachsender Menschen. Es machte alles geheimnisvoller. Und fremder.

Alles wurde noch interessanter, als ich das erste Sachbuch meines Lebens in die Hand bekam und nachgerade »verschlang«: *Anders als ich glaubte* lautete der Titel des 1953 erschienenen Buches. Der Engländer Douglas Hyde erzählt darin, wie er sich nach einer glänzenden Laufbahn in der englischen KP vom Kommunismus lossagte. Er verschwendet keine Zeit darauf, den Kommunismus theoretisch zu widerlegen, sondern erzählt einfach, wie er seinen Weg in die Freiheit fand. Ich weiß beim besten Willen nicht, woher ich das Buch bekam, möglicherweise habe ich es im Internat irgendwo liegen gesehen und an mich genommen. Ich habe das Buch jedenfalls heute noch. Ich hüte es wie meinen Augapfel.

Die intensivste Auswirkung unserer Nähe zum Eisernen Vorhang war natürlich der wirtschaftliche Schatten, der sich, wie ich schon beschrieben habe, über alle östlichen Grenzregionen zog. Bei uns gab es keine Industrie. Investoren wussten zentralere Plätze, als bei uns tätig zu werden. Das Land döste wirtschaftlich abseits aller großen Produktions- und Handelszentren vor sich hin. Wir zählten zu den ärmsten Regionen der freien Welt. Es gab keine großen Betriebe, auch agrarisch waren wir viel zu klein strukturiert. Die Bauernhöfe mit Durchschnittsgrößen von vier bis fünf Hektar boten zu wenig zum Leben und zu viel zum Sterben. Sie konnten ihre Besitzer im Vollerwerb nicht ernähren. Bald wurden wir zum Nebenerwerbs- und zum Pendlerland. Und das erzeugte enorme kollektive und individuelle psychische Probleme, weil die Leute ihr Selbstbewusstsein verloren. Sie wussten lange nicht, ob sie noch Bauern oder schon Arbeiter waren. Schon als Kind fiel mir auf, dass die Wochenpendler, wenn sie freitags zurückkehrten, zuerst ins Gasthaus gingen. Erst wenn sie sich im verbindenden Zigarettenqualm mit einigen Krügeln ihre Wieder-Zugehörigkeit bestätigt hatten, gingen sie zur Frau nach Hause.

Heute noch ist mir der Osten exotischer und interessanter als der Westen. Als Germanist und Historiker interessieren mich die alten Kronländer ganz besonders. Wie unvollständig wäre Österreichs Literatur ohne die großen jüdischen Schtetl-Dichter Galiziens und der Bukowina: Joseph Roth, Karl Emil Franzos, Aharon Appelfeld, Martin Buber, Soma Morgenstern, Manès Sperber, Salcia Landmann, Rose Ausländer, Ninon Hesse.

Moses Rosenkranz hat mit seinem Gedicht *Die Blutfuge* Paul Celan zur *Todesfuge* inspiriert. Alexander Granachs Biografie mit dem Titel *Da geht ein Mensch – Roman eines Lebens* ist eines der bewegendsten Bücher, die ich gelesen habe. Sie alle haben deutsch geschrieben. Dichtersprache wurde Muttersprache.

In den 1970er-Jahren traf ich Manès Sperber in seiner Wohnung in der Rue de l'Église in Paris. Wir saßen in einem kargen Raum an einem einfachen

Holztisch. Wir haben viel geredet und Wein getrunken. Auf die Vase zwischen uns warf eine frühabendliche Sonne ihren Strahl. In der Vase standen lila Tulpen. Seit damals achte ich darauf, dass auf meinem Arbeitstisch lila Tulpen stehen.

Ein Glücksgefühl erlebte ich 2015. Fast einen halben Nachmittag saß ich mit meinem Freund Herbert Harb unter der heißen ukrainischen Julisonne an den Geleisen des Bahnhofs von Brody, dem Geburtsort von Joseph Roth. Es war schön, einfach dazusitzen und das Gefühl zu haben, dass auch der große österreichische Dichter am selben Ort gewesen ist. Dass mich dann am späteren Nachmittag eine freundliche Lehrerin einlud, eine Stunde im Gymnasium mit den Schülern zu reden, das gehört zu den Höhepunkten meiner Erlebnisse der letzten Jahre.

Dass ich den Ostaufbruch als Fernsehjournalist im In- und Ausland begleiten durfte, hat mein Arbeitsleben ungemein bereichert.

Die undemokratischen Systeme der Oststaaten brachen wie Kartenhäuser der Reihe nach zusammen, die Führungs-Cliquen verschwanden über Nacht. Immer mehr Flüchtlinge kamen in den Westen. Unsere Zuseher hießen sie in den Leserbriefen der Zeitungen und in unseren Telefonprotokollen anfangs heiß willkommen. Bald aber kippte diese Stimmung. Es wurde den Leuten zu viel. Die Ablehnung wurde immer breiter und lauter. Das hat mich dazu animiert, meinen Roman *Denn sie müssen wandern* zu schreiben. Darin geht es um einen Mann, der im Alter seine Spielgefährtin aus der Kindheit trifft. Der Umgang mit ihr war ihm damals verboten, denn sie gehörte zu den Zigeunern. Als Kind erlebt er die Apartheid von der stärkeren Seite der Dorfbürger, der Einheimischen. Im Alter tut er sich mit der wiedergefundenen Kindheitsfreundin zusammen, und jetzt erlebt er die Apartheid neben ihr, der Zigeunerin, von der schwächeren Seite.

Aber wieder zurück: Die verwirrenden Meldungen über Flüchtlinge, Verfolgung und Erschießungen, von denen man bei uns im Dorf seit den ungarischen Geschehnissen immer wieder hörte, bedrängten mich sozusagen hautnah, wenn Papa mit mir an den Stacheldraht fuhr. Feinfühlig ließ er mich in Ruhe. Ich stand nur da, schaute angespannt durch die Maschengitter und wartete, ob etwas passierte. Wenn ich auf der anderen Seite einen Menschen sah, vibrierten meine Nervenstränge. Vielleicht würde ich Augenzeuge, wie dieser Mensch im nächsten Augenblick von Soldaten verhaftet würde. Irgendetwas Überraschendes musste doch passieren, irgendetwas, was es bei uns nicht geben konnte. Aber es passierte nichts.

Für uns war der Osten eine Region der Angst-Lust. Wenn man darüber redete, dann redete man nur über Meinungen. Man erzählte sich Horrorgeschichten über die Grausamkeiten der russischen Soldaten. Die Ideologie hatte aber ihre Grenzen: Papa fuhr vierteljährlich nach Wien und kaufte in einem der sowjetischen USIA-Betriebe Billigware, die es bei uns nicht gab. 1958, ein Jahr, nachdem ich mit den Eltern auf unserem ersten Auslandsurlaub in Italien gewesen war, wagten sich Papa und Mama mit mir nach Jugoslawien. Wir wohnten in einer Privatpension, und ich hatte jeden Abend große Angst, wenn wir in der Dunkelheit an einem Haus vorbeigingen, an dem das Schild eines kommunistischen Parteibüros angebracht war.

Es sollten danach die Jahre des Osteuropa-Voyeurismus folgen. Unsere Urlauber fuhren zum Billigpreis in den Osten, um sich schrill und selbstherrlich aufzuführen. Nachdem sie sich ihr höheres Wohlstandsniveau bestätigt hatten, fuhren sie glücklich nach Hause.

Im nahen Burgenländischen gab es ein Gasthaus, auf einem Grundstück, das wie ein Blinddarm ein Stück ins Ungarische hineinreichte. Man konnte auf den Platz eines ungarischen Dorfes sehen. Dieses Gasthaus, umgeben von der Todesgrenze, war aus einer anderen Welt. Von den Wänden stierten die Köpfe ausgestopfter Fische auf den Besucher. Ich fürchtete mich vor der Wirtin wegen ihrer matronenhaften Körperlichkeit. Sie schien zum rätselhaften Osten zu passen, ja, ein Teil von ihm zu sein. Ihre feindliche Schweigsamkeit bestätigte mir, was ich immer gewusst hatte. Im Osten war alles leblos. Es gab dort keine Menschen wie bei uns, die arbeiteten, aßen, tranken und lachten. Im Osten gab es nur Täter und Opfer, die zur Warnung ausgestellt wurden. Das »Fisch-Gasthaus«, die Wirtin und ihre toten Fischköpfe tauchten in meinen Angstträumen auf. Die völlig unspektakuläre Wahrheit erfuhr ich Jahre später: Der Mann der Wirtin war ein preisgekrönter Fischer, die präparierten Fische waren Trophäen.

Ich weinte vor Freude, als am 9. November 1989 mit der Berliner Mauer der Eiserne Vorhang zerfiel und der Kalte Krieg erlosch. Es war das *annus mirabilis*, mit dem eine neue Zeitrechnung begann. Alle Atlanten mussten neu gezeichnet werden. Ein Stein hatte zu blühen begonnen. Am 10. November, dem Tag nach dem Mauerfall, fuhr ich zum Fisch-Gasthaus an die Grenze. Die Wirtin war nicht mehr da, aber am Grenzstein hinter dem Gasthaus traf ich einen ungarischen Grenzsoldaten. Er spazierte mehr, als dass er patrouillierte. Als ich mich ihm näherte, kam er über die Grenzlinie auf mich zu. Schüchtern lächelnd bot er mir eine Zigarette an. Dann legte er sein Gewehr in die Wiese. Wir setzten uns auf einen Stein und rauchten gemeinsam. Ohne viel zu reden.

VII.

Von Feuerstellen und Tabus

Als Prometheus den Göttern das Feuer stahl und zur Erde brachte, sammelten sich die Menschen an den Feuerstellen. Da war es hell und warm. Sie erfanden die Sprache, weil sie miteinander redeten und sich Geschichten erzählten. Aus allen Richtungen kamen sie zur Feuerstelle, Reiche und Arme, Kluge und Dumme, Große und Kleine, Männer und Frauen, Kinder und Greise, Schnelle und Langsame, Gesunde und Kranke, Gläubige und Ungläubige. Sie wurden immer mehr, sodass es notwendig wurde, Ordnung in die Gesellschaft zu bringen. Die Menschen wählten einige aus ihrer Mitte, die sie für geeignet hielten, ihr Zusammenleben gerecht und reibungslos zu gestalten. Die Politik entstand am Feuer.

Alles kam aus dem Feuer. Das Feuer ist das Leben. Alles will ins Licht, jedes Blatt, jede Frucht. Die gesamte Landwirtschaft beruht auf der Basis der Licht-Verwertung. Jeder Mensch sucht den Weg ins Licht und will wie Parsifal zum Gral. Der Schatten ist ein Kind des Lichts. Gott hat den abtrünnigen Engel aus dem Licht verstoßen. Der Schatten ist die Sünde. Was wäre eine Welt ohne Schatten, an dem sie sich definieren kann? Was wäre eine Welt ohne Schattierungen? Wann immer der Mensch heute das Leben feiert, macht er

Feuer. Geburtstagskerzen, Lichterketten, Ewiges Licht, Adventkranz, Christbaum, Silvester-Feuerwerk, Osterfeuer …

Jede Gemeinschaft gibt sich eine Verfassung. Es ist die wichtigste Aufgabe der Politik, das Feld jener Gemeinsamkeiten abzustecken, auf die sich alle geeinigt haben. Alles außerhalb des Verfassungsrahmens gilt als Tabu. Die Verfassungsfelder dieser Welt unterscheiden sich oft nur marginal durch historische, kulturelle, intellektuelle und auch landschaftliche Vorgaben. Manche dieser Verfassungen sind schriftlich in Chartas fixiert, andere nur mündlich überliefert. In jedem Fall sind sie Seismografen für den Entwicklungsstand einer Gesellschaft.

Oft sind es die Künstler, die mit ihren Äußerungen Tabus durchbrechen. Die Gesellschaft folgt ihnen dann nach intensiven Verarbeitungs-Irritationen. Das Ergebnis ist die Erweiterung des Verfassungsbogens. Nicht nur bei uns im Südosten gab es zur Zeit meiner Kindheit noch sehr heidnisch anmutende religiöse Äußerungen, wie die Errichtung von Pestkreuzen oder Kapellen. Schon mehrmals habe ich beschrieben, wie sehr der Umgang mit Gott einer Kosten-Nutzen-Rechung entsprach. Man zahlte und dankte wie im Mittelalter mit materiellen Opfern. Krankheiten, wie etwa Aids, wurden selbst in den Städten noch in den neunziger Jahren als Strafe Gottes gesehen. Die Heilige Maria stand bei unseren Frauen stets in hohen Ehren, Mai-Andachten waren Marien-Andachten. In der Religion zeigt sich das Stadt-Land-Gefälle noch stärker als auf anderen Gebieten. Wenn ich die Jahre meiner bisherigen Lebensspanne überblicke, fallen mir aber schon eklatante »Wachstumsschübe« auf. Mit zunehmender Bildung sind die Menschen natürlich toleranter geworden.

In einer unserer Nachbargemeinden gab es in den fünfziger Jahren den ersten »Schwarzen«, einen jungen Mann aus Nigeria, der im Rahmen eines Hilfsprogramms die Tischlerlehre absolvierte. Er war das Ass der Fußballmannschaft. Er wurde beäugt und besprochen, aber auch ausgegrenzt. Viele Leute hüteten sich, ihm die Hand zu geben, weil sie keinerlei Erfahrung mit einem Afrikaner hatten, auch weil sie ihn irgendwie für »ansteckend« hielten. Viele plump sexualisierte Witze um die Potenz der Schwarzen machten die Runde. Das alles war der natürliche Ausdruck von Adaptions-Problemen. Ich kann mich nicht erinnern, ob der Nigerianer es zu einer einheimischen Freundin brachte. Was aus ihm geworden ist, weiß ich nicht. Ich habe ihn aus den Augen verloren.

Materiell zeigt sich der Fortschritt am sichtbarsten in den ausgebauten Verkehrswegen. Denken Sie an die Straßen, über die Sie ein Leben lang gefahren sind. Wie sahen diese Straßen zur Zeit Ihrer Kindheit aus, als noch keine Werbe- und Hinweistafeln die Sicht verstellten. Als es noch keine Gehsteige und Radwege gab und keine Häuser und Haltestellen den Rand säum-

ten. Als Sie sich bei Regen durch eine Schlammbahn kämpfen mussten. Eine Reise nach Wien war 1955 ein Tages-Abenteuer. Nach Graz fuhr man mit dem Autobus zwei bis drei Stunden lang. Heute geht das in dreißig Minuten. Früher trank man Most, im Gasthaus bestellte man einen Roten oder Weißen. Heute wählt man die Sorte, kompetent unterhält man sich über die Charakteristika von Muskateller, Ruländer oder Sämling. Es zeugt von Stil, zu wissen, was man wozu trinkt. In den Küchen regierten früher der Sterz, das Kraut, das Huhn und das Schwein. Back- oder Brathendl haben sich mit dem Schweinsbraten als Sonntagsgericht abgewechselt. Fast Food, Pizza und Spaghetti haben Einzug gehalten. Fernsehköche, Promi-Winzer und Sommeliers sind nachgerade zur Seuche geworden. Ihr Marketing-Trick besteht darin, uns zu erklären, was uns schmeckt. So lassen wir uns täglich unserer Authentizität berauben und kulturell einebnen. Der Küchentisch ist vielfältiger geworden. Aber bei uns im Südosten hat man immer noch die Angewohnheit, zu allem Brot zu essen. Auch das gibt es heute in vielerlei Sorten.

Bei all diesen rasenden und verwirrenden Verwerfungen muss ich an das Paradoxon der »Gleichzeitigkeit des Ungleichzeitigen« denken, das ich am krassesten erlebte, als ich mit dem Motorrad rund um den indischen Subkontinent fuhr. In keinem Land der Welt stoßen Vergangenheit, Gegenwart und Zukunft so sichtbar aufeinander: Vor dem Hochhaus, in dem Sekretärinnen eines

Callcenters vielsprachig europäische Firmen vertraten, in dem Computerexperten ausgelagerte Aufträge amerikanischer Steuerberater bearbeiteten, und in dem Forscher Algorithmen kreierten, pflügten zwei Bauern ein Feld mühsam mit einer vor einen Holzpflug gespannten Kuh. Eine Ahnung davon, wie sehr die Menschen vor dem »Enteilen der Welt« die Augen verschließen und sich dagegen wehren, kann man bei uns in manchen Regionen auf dem Land und in den schrillen Äußerungen mancher Politiker kriegen.

Weil die Welt kleiner geworden ist, dringen die Sprachen verstärkt ineinander ein. Sie vermischen sich. Im Zeitalter globaler Wertschöpfungsketten, von Migration, Internet, intensivster politischer Hard- und Software-Vernetzungen kann die sprachliche Grenzenlosigkeit nicht verwundern. Unzählige Video- und Audiokanäle, globale analoge und digitale Verkehrsströme tragen zur Einebnung der Dialekte wie der gesamten Kultur bei. Die Innenstädte der Welt gleichen einander. Was die Anglizismen für die Sprache sind, das sind die internationalen Logos der Multis an den Geschäftsfassaden für die Architektur. Dazu kommt die Herausbildung der Fach- und Cliquensprachen. Das führt zu enormen Sprachbarrieren zwischen den Bildungsstufen und zwischen den Generationen. Aus dem Fernsehen tropfen neben der Jugendsprache die Sportlersprache, die Sprachen der Journalisten, der Politiker, der Juristen, der Wissenschaftler. Das überfordert die Menschen genauso wie der Eindruck einer kriegerischen Welt voller Untaten, der durch die mediale Exzessivität entsteht. Wir sehen das an Wahlergebnissen, die von den Experten als Zeichen dafür gesehen werden, dass sich immer mehr Menschen als zurückgelassen empfinden.

Ich habe schon an anderer Stelle über das Stadt-Land-Gefälle geschrieben, hier nur noch zwei Hinweise: Didier Eribon schreibt in seiner Rückkehr nach Reims *darüber aus europäischer Perspektive, J. D. Vance schildert dieses Phänomen in seiner* Hillbilly Elegy *am Beispiel des »rust belt« von Ohio. Sprache spiegelt Lebenstempo, Rhythmus, Tiefe und Oberfläche. Man kann den Eindruck gewinnen, dass immer weniger Hochgebildete immer mehr Dumme so regieren, dass diese sich über den Tisch gezogen fühlen.*

Der Bildungs- und Kulturverlust unserer Zeit zeigt sich in den schrillen sprachlichen Überzeichnungen unseres Alltags. Niemand ist nur »betroffen«, alle sind »zutiefst betroffen«. Niemand ist nur »dankbar«, alle sind »unendlich dankbar«. Neben glaubwürdigkeits-tötenden Polarisierungen in der Politik zeigt sich Sprach-Vergewaltigung besonders auch im täglichen Geplapper von Gute-Laune-Moderatoren auf allen Kanälen.

Als ich 1973 im Radio zu arbeiten begann, gab es halbstündige literarische Lesungen und Vorträge. Heute darf keine »Wortbrücke« länger als zwei bis drei Minu-

ten sein, weil sonst der Hörer abdreht. Ich bewerte hier nicht, ich führe nur an. Verurteilen will ich allenfalls die Schnappatmung hysterischer Moderatoren, für die es keinen einfachen »Guten Tag« oder »Guten Morgen« gibt, sondern nur einen »Wunderschönen Guten Tag« oder einen »Wunderschönen Guten Morgen«. Ich bin glücklich, dass wir in Österreich mit Ö1 ein Programm haben, das gegen den Strom der Zeit gestrickt ist.

In einer Mediengesellschaft wird alles verkürzt und seiner Relation beraubt. Der fallende Baum ist spektakulärer als der wachsende Wald. Die Menschen lesen nur die Schlagzeile und denken, dass sie damit die ganze Geschichte kennen. Wikipedia ohne Zusammenhang. Alles wird von allen pausenlos kommentiert. Glaubwürdigkeit wird gemordet, weil alle Kommentare gleichwertig behandelt werden, egal ob sie von Kompetenten kommen oder nicht. Das verunsichert die Menschen. Am Ende glauben sie gar nichts mehr – oder alles, weil heutzutage ja auch alles möglich ist. Es fehlen die journalistisch ausgebildeten »Gatekeeper«, die gewissenhaft selektieren. Als Resultat entsteht der falsche Eindruck, als würde es heute viel mehr Kriege geben. Das stimmt nicht. So wie wir den falschen Eindruck gewinnen, es gäbe überall auf dem Land sexuellen Missbrauch, Sodomie und Inzest. Auch das stimmt nicht. Früher war alles schlimmer, die Krankheiten, die Hygiene, die Verbrechen. Die Welt ist »übermedialisiert«. Alle Schleusen sind geöffnet. Jeder ist Jour-

nalist. Profis und Laien, Dilettanten und Geschäftemacher übertreffen einander digital und analog in der Produktion von Echtzeit-Schlagzeilen und Info-Müll – und verfälschen damit unsere Wirklichkeit.

Zu all dem kommt der Siegeszug der Bilderwelt. Das Bild regiert die Welt. Der Körper ist die Botschaft. Person geht vor Programm, Schlagzeile vor Inhalt. Logos und Emojis ersetzen als Codes die Geschichten. Der digitale Nachwuchs tippt für die Freundin keine ganzen Sätze mehr, nur verkürzte Wortkreationen und -ungetüme. Die Handys animieren dazu, dass die Leute bloß Happen statt längerer Texte aufnehmen. Mit der Hand schreibt keiner mehr. Es kommt nicht mehr darauf an, was *man sagt, sondern* wie *man es sagt. So wie es in Hearings zunehmend nicht mehr darauf ankommt,* was, *sondern* mit wem *man kann.*

Die Mitte ist fad, die Pole, rechts und links, oben und unten, sind interessant. Alles kommt nur noch aus zweiter Hand. Es gibt bei der Fülle der Information und des Informations-Mülls nur noch mitgeteilte Erfahrungen. Immer weniger Erfahrungen werden selbst gemacht. Die Leute sind Moderatoren und sterilen Info-Maklern ausgeliefert. Die Wirklichkeit benötigt beim Hundertstel-Sekunden-Kampf der Skirennen das Fernsehbild und die Fernsehzeit. Mit freiem Auge kann man keinen Sieger mehr bestimmen. Fotofinish und Video-Schiedsrichter definieren den Spitzensport. Es gibt kaum noch Plätze, an denen Menschen zusam-

menkommen, die einander riechen, berühren und schmecken können. Wo Geschichten spontan entstehen. Wo man widersprechen kann und lachen und weinen und husten.

Wir leben in der bestinformierten aller bisherigen Welten, aber wir waren noch nie so fremdbestimmt und ausgeliefert. Das alles macht augenscheinlich, welch unglaubliche Distanz wir in meiner bisherigen Lebenszeit von knapp mehr als siebzig Jahren zurückgelegt haben.

Eine schwarze Blume

Vor einigen Jahren habe ich in einem Elendsviertel in Rio de Janeiro einem alten Mann ein Bild abgekauft, das er mir um Abnahme bittend entgegenhielt. Es zeigt acht Flaschen auf einem zweireihigen Regal, vier Flaschen oben, vier unten. Die Flaschen sind rot, gelb, blau und schwarz. Sie stehen da wie Vögel auf einer Stromleitung. Ich kann die Anstrengung des alten Mannes beim Zeichnen sehen, spüre seine totale Konzentration, während er unbeholfen seine Linien zeichnet.

Das Bild hängt in meinem Haus an prominenter Stelle. Ich liebe es wie das präparierte Treibholz aus der nordirischen See, wie die wunderschöne Riesenmuschel, die ich am Morgen meines sechzigsten

Geburtstags vor dem Haus Pablo Nerudas in Isla Negra an der chilenischen Pazifikküste gefunden habe. Das sind wertvolle Marken meines Lebensweges. Erinnerungsstücke, wie auch die aus Holz geschnitzte Heilige Barbara vom Url Hubert. Sie hängt in meiner Bibliothek an der Wand. Damals redete man viel von den Heimkehrern. Der Url Hubert war so einer. »Nicht was wir gelebt haben, ist das Leben, sondern das, was wir erinnern und wie wir es erinnern, um davon zu erzählen«, sagt Gabriel Garcia Marquez.

Während der Url Hubert im Krieg war, zog seine Frau zu einem anderen. Als er zurückkam, ging sie mit dem anderen Mann fort, niemand wusste, wohin, es fragte aber auch keiner. Auch ihn interessierte es nicht.

Als er einige Jahre nach Kriegsende aus Russland heimkam, war er sehr müde. Bevor er irgendetwas machte, setzte sich der Heimkehrer Url auf die Bank unter dem Nussbaum. Er legte den Rucksack in die Wiese und zündete sich eine Zigarette an. Seine Frau war noch nicht fortgezogen. Er hätte nur über die große Teichwiese gehen müssen, um sie zurückzuholen. Von den Leuten habe ich später gehört, dass er zu diesem Zeitpunkt angeblich schon alles über seine Frau gewusst haben soll. Dann bezog er das Haus, das er für sich und seine Frau gebaut hatte. Er putzte alle Räume durch, schob den Dreck aus den Dachrinnen und reparierte den Herd. Er arbeitete tagelang, da es ja lange leergestanden war. Niemand war gekommen, um ihn zu begrüßen, als er heimgekommen war. Das mag daran gelegen haben, dass sie fürchteten, mit ihm über seine Frau reden zu müssen. Ein anderer Grund lag darin, dass der Url vor dem Krieg mit niemandem viel Kontakt gehabt hatte. Er war immer Einzelgänger gewesen. Es sei einem Wunder nahegekommen, dass er überhaupt eine Frau gefunden hatte, sagten viele.

Von Beruf war der Url Hubert ausgelernter Tischler. Seit seiner Heimkunft hatte er sich nicht mehr rasiert. Er war allein geblieben und eigen geworden. Statt der Zigaretten rauchte er pausenlos und den ganzen Tag über eine S-förmig gebogene Pfeife. Er war geschickt und hatte sich als Schnitzer einen Namen gemacht. Er war fixiert auf den Gekreuzigten und Heilige. Fast alle Kruzifixe in unserer Umgebung, viele Haus-Patrone und die Krippenfiguren in unserer Kirche waren mittlerweile von ihm. Bei der Messe in der Kirche sah man ihn aber nie.

Irgendetwas ging von ihm aus, das die Leute veranlasste, ihn zu meiden. Der Einzige im Dorf, der mit ihm regelmäßig verkehrte, war der Ukrainer Vlady, der nach seiner Kriegsgefangenschaft als Hausarbeiter und Schlächter beim Fleischhauer untergekommen und im Dorf geblieben war. Der »Ukraine-Vlady« war so hell und freundlich wie der Url Hubert dunkel und scheu war. Später einmal wurde mir klar, dass der Url eine schwarze Blume war. Als Kind habe ich das nicht gespürt. Sonst wäre ich ihm nicht zugegangen, wenn ich ihn vor seinem Haus sitzen sah. Vielleicht erinnerte mich seine friedliche Figur unter dem Nussbaum an unseren über dem Klavier hängenden Schubert, der allerdings unter seinem Lindenbaum saß. Damals lernte ich den Url kennen. Ich denke, er wusste nicht, wer ich war. Er fragte mich auch nicht. Wir redeten nicht viel, aber ich spürte, dass es ihm nicht unangenehm war, wenn ich ihm beim Schnitzen zuschaute. Wenn ich ihn etwas fragte, gab er mir immer eine gute Antwort, oft illustrierte er mir seine Erklärungen sogar anhand des Holzstücks, an dem er arbeitete.

An einem Tag Ende Mai ging meine Klasse mit der Tober-Lehrerin wandern. Das wurde einer der ereignisreichsten Tage meines Lebens. Es war aber auch ein Tag, an dem ich hautnah spüren musste, wie nah das Blühen und das Welken einander sein können. Die Korber Vreni zeigte mir an dem Tag, dass sie mich liebte. Wir spielten Räuber und Gendarm, ganz wild, weil wir Buben die Gelegenheit nützten, die Mädchen so richtig vor uns herzutreiben. Ich kümmerte mich nur um die Vreni. Ich jagte sie durch den Wald, hinauf und hinunter, ersparte mir aber, sie zu fangen. Das Spiel musste dauern. Beide erhitzten wir uns lustvoll an diesem Katz-und-Maus-Spiel. Zuletzt warf ich sie aber in einen Graben und ließ sie nicht mehr aus meinen Armen. Wir lagen am Boden. Ich hielt sie fest. Ihr rotes schweißnasses Gesicht stachelte mich noch mehr auf. Wir kämpften miteinander. Ihre Zöpfe lösten sich und die schwarzen Haarsträhnen warfen sich über ihr Gesicht. Plötzlich hörte sie auf, sich zu wehren. Sie wurde ganz ernst und sagte, eher leise als laut: »Warte! Lass mich frei! Ich hab da was!« Ich ließ sie frei. Wir standen auf. Sie putzte sich lange das Dirndlkleid, länger als es notwendig war. Plötzlich wandte sie sich mir zu, kam ganz her und gab mir ein Busserl, direkt auf den Mund. Ganz schnell, so wie ein kleiner Vogel einen Wassertropfen aufpickt. Dann rannte sie weg und zu den anderen.

Als wir zum Haus des Url Hubert kamen, saß er nicht unter seinem Nussbaum. Es war später Vormittag. Die Tober-Lehrerin wusste nicht, ob wir uns ohne Erlaubnis unter dem Nussbaum niederlassen durften, um eine Jausenpause zu machen. In meiner Hochstimmung, in die mich Vrenis Busserl gebracht hatte, meldete ich mich und sagte der Lehrerin, dass der Url mein Freund sei und dass wir uns ohne Weiteres niederlassen könnten, er würde sicher nichts dagegen haben. Das getraute sich die Lehrerin nicht, deshalb erbot ich mich, die Haustür zu öffnen, um zu schauen, ob er drinnen sei. Ich weiß noch, dass alle ein wenig ängstlich zurückwichen, als ich zur Tür ging.

Im Gesicht der Lehrerin merkte ich abwartende Anspannung. Mir war nicht ganz wohl, aber ich öffnete langsam die große Tür. Da sah ich den Url Hubert im Bett an der gegenüberliegenden Wand liegen. Er schlief tief und fest, seinen Körper von mir abgewendet und der Wand zugedreht. Ich schloss die Tür und ging zur Klasse zurück. Die Tober-Lehrerin forderte uns auf weiterzugehen. Sie wollte auf keinen Fall, dass wir den schlafenden Url störten. Wir zogen weiter. Ich erlebte diesen schönen Tag im Hochgefühl meines hitzigen Erlebnisses mit der Vreni. Und die Vreni duckte sich. Sie klammerte sich den ganzen weiteren Tag an ihre Freundinnen und ging mir aus dem Weg. Das war völlig normal. So viel Psychologe war ich schon als Kind, dass ich wusste, dass ihr Gewissen sie drückte. Ihr Gefühlsausbruch hatte sie selbst überrumpelt. Jetzt musste ich die Zeit arbeiten lassen. Ich war mir aber sicher, dass wir ab sofort »miteinander gingen«. Ich spürte, wie sie mir entgegenblühte.

Als wir am Abend nach Hause kamen, erzählte mir Mama, dass der Url Hubert gestorben sei. Der Ukraine-Vlady hatte ihn am Nachmittag tot in seinem Bett aufgefunden. Er hätte einen Hinterwand-Herzinfarkt erlitten, sagte Mama, er sei friedlich eingeschlafen. Ein Problem gebe es nur für den Pfarrer, der habe ihr erzählt, dass die Madonna, die der Url für die Lichtenegger Kapelle hätte schnitzen sollen, bei der Fronleichnamsprozession nicht mehr eingeweiht werden könne. Dem Url müsse schon länger nicht ganz gut gewesen sein, denn normalerweise galt er als verlässlich, so der Pfarrer. Am Abend dieses Tages konnte ich lange nicht einschlafen. Ich fragte mich, ob es noch jemanden gab, der um den Url Hubert trauerte. Ich weiß nicht, ob ich noch wach war oder schon schlief, als ich eine schwarze Blume den Saßbach hinuntertreiben sah.

Einige Tage nach dem Begräbnis des Url brachte mir der Ukraine-Vlady, verpackt in Zeitungspapier, die kleine Barbara-Figur, die heute noch bei mir zu Hause hängt. Die Heilige Barbara ist die Patronin der Bergleute. Sie soll aber auch vor plötzlichem Tod beschützen, vor so einem, wie er den Url Hubert ereilte. Der Url Hubert hätte sie für mich hergerichtet, sagte der Vlady, aber ich sei die letzte Zeit nicht mehr vorbeigekommen. Meine Barbara hatte er vollendet. Die Madonna für die Lichtenegger Kapelle hatte er nicht mehr geschafft.

Ich dachte mir damals, wie viele Kunstwerke von Schnitzern, Dichtern und Musikern wohl im All herumlägen, weil die Künstler zu früh gestorben waren und nichts mehr angegangen oder fertiggemacht werden konnte. Der Url war einer der vielen »Künstler« bei uns auf dem Land, die geschickt gemalt, geschnitzt oder gedichtet haben. Er war ein kunstsinniger Handwerker. Nur ganz wenige waren wirkliche Künstler und hatten neue Perspektiven. Den Url würde ich heute als einen Ornamentiker bezeichnen, einen, der aus Holz schöne Dinge machen konnte. Ganz im Sinne des großen verstorbenen Jazzpianisten Chick Corea: »Du musst kein Genie sein, wichtig ist deine Freude an einer Kunstform.«

Ob es so stimmt, weiß ich nicht, aber unser Arzt hat mir später einmal erzählt, dass der Url Hubert ein Spät-Heimkehrer aus Russland war. Er sei einer von nur 6.000 Überlebenden der in Stalingrad eingeschlossenen 6. Armee gewesen. Aufgrund einer persönlichen Vereinbarung von Adenauer und Bulganin sei er gemeinsam mit zehntausend Deutschen und Österreichern über das Auffanglager Friedland freigekommen. Damals gab es noch viele Heimkehrer, die so plötzlich auftauchten wie er. Die meisten wurden warmherziger empfangen. Sie waren Alltagserscheinungen. Man kannte sie, vor allem aber die, die Zeit brauchten, um sich wieder einzugliedern. Sie saßen im Gasthaus und erklärten die Welt, trunken von Alkohol und Orientierungslosigkeit. Wie rosenkranzhafte Litaneien klangen die Suchmeldungen, die täglich von neun bis zehn im Radio verlesen wurden.

In Papas Familie wurde ein Onkel vermisst, der Mann einer seiner Schwestern. An jedem Freitag kam diese Schwester, die in unserer Nähe wohnte, gegen Mittag zu uns. An jedem Freitag nahm sie gierig, aber mit leidender Miene den vorbereiteten Lebensmittelkorb entgegen, den sie, wie sie stets mit Wortschwall versicherte, ihrem Mann nach Moskau schicken musste. Wir wussten, dass kein einziger dieser Körbe jemals nach Moskau ging, aber wir spielten bei diesem tragikomischen Nachkriegsstück natürlich mit. Das ging lange Zeit so, bis die Tante starb. Der Korb war Papas persönliches Herzensanliegen für seine Schwester gewesen. Niemand konnte und wollte sich dagegenstellen, obwohl diese Tante von der gesamten Verwandtschaft gemieden wurde, wie sie umgekehrt diese mied. Wir waren die Einzigen, denen es mithilfe des Lebensmittelkorbs gelang, zu ihr Kontakt zu halten. Sie lebte wie eine Obdachlose. Ungepflegt und armselig hauste sie im verfallenden Nebengebäude eines Bauernhofes. Fast das ganze Jahr über lief sie in demselben Kleid barfuß und mit fettem herunterhängendem Haar durch das Land und über die Hügel. Sie war den ganzen Tag unterwegs. Man verdächtigte sie, immer wieder einmal einem Erdäpfelkeller oder einer Brotkammer einen Langfinger-Besuch abzustatten.

Ich erfuhr das alles erst viel später. In besonderer Erinnerung blieb mir diese Tante durch eine überaus groteske Szene in unserer Küche. Alle waren versammelt. Die Tante lehnte mit dem Rücken zur Kredenz. Ihr Darm war ganz offensichtlich dem soeben genossenen reichlichen Essen nicht gewachsen. Es staute sich, wie der Mediziner sagt, ein »Meteorismus mit Flatulenz« auf. Mitten in die Stille erleichterte sie sich mit einem Bläh-Wind von solcher Detonationskraft, dass er jeder Kanone von Königgrätz zur Ehre gereicht hätte. Sekundenlang herrschte die vollkommene Stille des Wunders. Dann erhob Mama ihre Stimme und sang: »Pange lingua gloriosi …«

Über zwei meiner Lehrerinnen muss ich reden, und ich tue dies aus Dankbarkeit. Die ultraschlanke, ausgemergelte Tober-Lehrerin war wie ihre Freundin, das füllige »Fräulein« Guggenberger, eine »alte Jungfrau«. So nannten sie bei uns alle Frauen, die älter, aber nicht verheiratet, also nicht »unter die Haube« gekommen waren. Sie waren »überständig«. Das wirft wieder einmal ein Licht darauf, wie sich das Bewusstsein unserer Zeit in der Sprache kundtat. In der Schule spielten wir beispielsweise »Völkerball«, dabei ging es darum, die Spieler des gegnerischen Volkes abzuschießen, bis das Volk »ausgerottet« war. Man spielte »bis zur Vergasung«, das war eine gängige Redensart, bei der sich keiner was dachte, genauso wenig, wie wenn er »Leck mich am Arsch« sagte. Einen wilden Burschen nannten sie »Sauhund«, und ein von den geschlechtsfähigen jungen Burschen als besonders entgegenkommend eingestuftes weibliches Wesen galt, wie ich oben schon einmal geschrieben habe, als ein »Rabenviech«.

Die beiden Lehrerinnen, über die ich jetzt reden will, waren weit davon entfernt, »Rabenviecher« zu sein. Sie waren so um die vierzig und »kompensierten« ihr entgangenes Familien- und Liebesleben damit, dass sie die »guten Geister« unserer Schule wurden. Das Fräulein Guggenberger sah ich nie anders als mit einem sittsam geflochtenen Haarkranz, einer Dornenkrone nicht unähnlich. Zum Unterschied von der Tober-Lehrerin war sie sehr gläubig. Sie besuchte jede Messe. Mama, die ja Lehrerkollegin der beiden »Fräuleins« war, sagte, dass die Guggenberger in den Pfarrer verliebt sei. Das überraschte mich, weil alle am Schulhof wussten, dass sie den Pfarrer heftig wegen des »Staberlkniens« schalt, mit dem er uns Kinder oft bestrafte. Sie war Handarbeitslehrerin, unterrichtete die Mädchen im Stricken, Häkeln und Kochen mit dem Ziel, deren Wert als Ehefrauen zu steigern, sie »zur guten Partie« zu machen. Ihre Hauptaufgabe und Leidenschaft war die Schulausspeisung, die es eine Zeitlang bei uns gab. Wenn das Fräulein Guggenberger merkte, wie sehr wir Schüler uns auf ihre selbstgefertigte fettige Schokolade stürzten, dann strahlte ihr pralles Gesicht unter dem Dornenkranz wie ein Sommertag.

Anders die Tober-Lehrerin. Sie lachte nie. Sie war streng und ging irgendwie angstvoll durch die Welt, aber letztlich tat sie niemandem was zuleide. Ihren Beruf nahm sie sehr ernst. Mama erzählte, dass sie nie an irgendwelchen Lehrertreffen teilnahm, aber dennoch beliebt im Lehrkörper war, weil sie viele Aufgaben für Kollegen freiwillig übernahm. Für meine überbeanspruchte Mama schrieb sie sogar deren Vorbereitungen.

Der Schuldirektor hatte einen Spitzbauch. Er erinnerte an einen Pinguin, wenn er übertrieben aufrecht durch den Ort watschelte. Als ich die Aufnahmeprüfung in das Gymnasium absolviert hatte, sagte irgendeiner der Prüfer meiner Mutter, dass ich Schwächen in Deutsch hätte. Das zeigt, welche Aussagekraft solche Schlaglichter haben. Bei diesen Gymnasiums-Aufnahmeprüfungen wurde das gesamte bisherige Bildungsleben eines Schülers auf einen Halbtag komprimiert und bewertet. Wenn ich später schulische Probleme hatte, dann lagen sie in der Mathematik und überall anderswo, nur nicht in Deutsch. Mama geriet jedenfalls in eine kleine Panik, und der Direktor gab ihr den Rat, mir die Ferien vor dem Gymnasium durch Deutsch-Nachhilfestunden beim Lehrer Schickelberger zu versauen.

Warum der Direktor ausgerechnet auf diesen Lehrer verfiel, kann ich mir nur mit der Vermutung erklären, dass er eine eventuelle Anfrage von Mama antizipierend abwehrte und auf Schickelberger umlenkte. Schickelberger war ein dumpfer schwerfälliger Schweiger. Er sprach kaum ein Wort. Wenn ich zweimal die Woche zu ihm kam, hatte er auf unserem Arbeitstisch schon seine Jause aufgelegt. Speck auf einem Holzbrett, ein Brot und ein Glas Most. Er nutzte unsere Zusammenkünfte, um in aller Ruhe zu jausnen, ohne mir auch nur einmal irgendetwas anzubieten. Ohne jetzt überheblich sein zu wollen, muss ich sagen, dass ich schon nach wenigen gemeinsamen Stunden kapierte, warum der Lehrer Schickelberger so ein Schweiger war. Er war bar jeglicher Phantasie. Er hatte keinerlei Neugier. Er hatte nichts von der Welt gesehen, es interessierte ihn aber auch nichts außer den Geschichten, die ich ihm über das Leben bei uns zu Hause erzählte. Danach fragte er mich regelmäßig. Er »fratschelte« mich aus, wie wir sagten. Er war voll vom Neid dessen, der sein Leben lang am Straßenrand steht und auf jene gafft, die sich bewegen. Er hatte selbst mir, dem elfjährigen Kind, nichts zu sagen. Mit den Diktaten hörte er schnell auf, weil ich keine Fehler machte. Er ließ mich dann Aufsätze schreiben, und es war ihm ziemlich egal, was und worüber ich schrieb; er war so froh wie ich, wenn die Stunde vorbei war. Was immer ich zu Hause erzählte, Mama ließ nicht locker. Den ganzen Sommer über bestand sie auf diesen »Nachhilfestunden« beim Lehrer Schickelberger. Ich betete, dass er an jedem Groschen des Geldes, das ihm Mama zahlte, ersticken mochte.

Wenn ich vom Lehrer Schickelberger nach Hause ging, kam ich zuerst am Leitner-Hof vorbei, den alle nur unter seinem Vulgonamen »Bachpeterl« kannten. Nach dem Bachpeterl kam die Tischlerei. Ihr Besitzer war der – wahrscheinlich bis heute herauf – größte Pionier und Autodidakt unseres Dorfes. Weil er jeden Satz mit einem »des sog i di« beendete, was so viel hieß wie »das sag ich dir«, hatte er den Spitznamen »Desogidi«. Alle nannten ihn so, sein wirklicher Name ging unter wie die Vornamen unserer Lehrlinge, die Mama umtaufte.

Der »Desogidi« entwickelte damals, zu einem Zeitpunkt, als das für Leute aus unserer Region völlig unüblich war, eine Liebe zum Meer und zur Schifffahrt. Zu der Zeit, da ich Schiffskapitän werden wollte, hatte er bereits ein Boot gekauft, das im kommunistischen Rijeka vor Anker lag. Jede freie Minute fuhr er nach Rijeka, um für ein oder zwei Tage in See zu stechen.

Als werdender Schiffskapitän oder Pirat fühlte ich mich mit ihm verwandt. Ich hing an seinen Lippen, wenn er bei seinen Besuchen in unserer Werkstatt ausführlich von seinen See-Abenteuern erzählte. Er war ein quirliger, sehr kleiner Mann. Sein Schnurrbart tanzte, wenn er erzählte. In seinen Augen sah ich die weißen Pferde, von denen er mir sagte, dass sie wie die Gischt des Meeres seien, wenn ihre Mähnen durch den Wind flogen. Georg Danzer besang diese Metapher Jahrzehnte später: *Ich träumte von weißen Pferden, wilden weißen Pferden am Strand …* Kurz vor dessen Tod traf ich Georg Danzer bei der Autozug-Verladung in Berlin und erzählte ihm vom »Desogidi«. Er fand die Geschichte amüsant und kannte den bürgerlichen Namen des »Desogidi«, weil er in der Wiener Filiale von »Desogidis« Tischlerei ein Schrankbett gekauft hatte.

Dieses Schrankbett hatte der kleine Tischler aus dem südoststeirischen Hügelland, der keine große Ausbildung genossen hatte, erfunden. Sein Nutzen bestand darin, dass man es von der Wand kippen konnte. Damit machte der »Desogidi« seine Tischlerei zu einem Erfolgsunternehmen. Daneben ist er dem Meer treu geblieben. Er errichtete in unseren Hügeln, weit abseits des Meeres, eine Bootswerft und verkaufte Jachten in die ganze Welt.

Unsere Region liegt so wenig am Meer wie Böhmen in Shakespeares *Wintermärchen*. Die Werft des »Desogidi« hat mich an den alten Flussdampfer erinnert, den Fitzcarraldo in dem berühmten Werner-Herzog-Film in den Amazonas-Urwald transportiert, um dort das Geld für den Bau eines Opernhauses zu erwirtschaften.

Es gab noch einige sehr tüchtige Leute bei uns, aber ich kenne keinen, der so sehr zu den Sternen geblickt hat wie der »Desogidi«. Die Welt, die er sich erschloss, war gänzlich anders als jene, aus der er kam. Wieder ein »Märchen vom Glück«.

Und wenn ich den Spitznamen des »Desogidi« erwähne, müsste ich über unsere vielen Vulgonamen reden, über den »Bachschallerl«, den »Ziegenpeter«, den »Schusterbauer« oder den »Bachmüller«.

In unserem Dialekt gab es einige Idioms, die mir bis heute im Ohr sind. Unsere knöcherne Körper-Welt bezog ihre Poesie nicht nur aus der Landschaft, aus der zufälligen Geometrie der Felder und dem herbstfärbigen Mischwald. Auch die Alltagsbilder waren poetisch, auf dem Heuwagen im Sommer, beim Eisstockschießen im Winter. Und dann noch der Dialekt. »Des muas di geb'n sein« sagten sie, wenn sie jemanden besonders talentiert für eine Sache hielten. Statt in einer Unterhaltung ständig mit dem kurzen Wort »Ja« zuzustimmen, stimmten sie mit der langen Wendung »is sou woahr« zu. Und wenn einer frech wurde, drohten die Burschen mit »I gi di a Wosch'n«, was so viel hieß wie »Ich geb dir eine Watsch'n«. Wenn die Leute sich nur zum Kaffeegenuss setzten, dann redeten sie vom »Kaffee trinken«. Mit »Kaffee essen« meinten sie das ganze Frühstück. Da könnte ich jetzt noch einiges an Wendungen und Sprüchen aufzählen. Vieles hört man heute nicht mehr. Das Wasser fließt weiter die Raab hinunter, und die Sprache fließt natürlich auch. Manchmal allerdings sticht mir der sprachliche Zusammenprall von Gestern und Heute mitten in mein semantisches Herz, wenn die Enkelin meiner sehr alten ehemaligen Nachbarin mir vom »leckeren« Wiener Schnitzel mit Pommes frites erzählt und die Nachbarin selbst ihre Urenkelin zum Tisch ruft: »Kimm he, Desiree!«

Der wilde Franz war ein Geselle in unserer Werkstatt, um dessen Aufmerksamkeit ich mich sehr bemühte, weil er der bewunderte Tormann unserer Fußballmannschaft war. Der Franz war auch ein sagenhafter »Schnapser«, und daran wurde jede und jeder gemessen. Es gab bei uns wahre »Schnapser«-Legenden, die wie Westernhelden von Dorf zu Dorf, von Gasthaus zu Gasthaus zogen, Herausforderungen annahmen und sich neben Ansehen einige Liter verdienten. Angeblich soll es Männer gegeben haben, die beim zweiten beliebten Spiel, dem »Färbeln«, Haus und Hof verspielten. Damals gab es eine dichte Infrastruktur an Gasthäusern, man saß beisammen, in den Hinterstübchen wurde »gefärbelt«. Heute haben die Gasthäuser zugesperrt, sie wurden durch seelenlose »Tankstüberl« ersetzt, aber das habe ich schon an anderer Stelle ausführlich bedauert.

Ich liebe Gasthäuser, und ich bin heute in der glücklichen Situation, rund um mein Haus nicht weniger als sieben Gasthäuser mit sieben herrlichen Wirten zu wissen. Wer sieben Wirte um sich weiß, der braucht keinen Psychologen.

Der wunderbare Franz war viele Jahre älter als ich. Er war mein Held. Wenn immer ich konnte, trieb ich für ihn ein Leseheft auf. Ich habe mich nie viel um diese »Heftl« geschert, die unter den Schülern getauscht wurden. Die *Wunderwelt* und *Die Raselbande* haben meinen Ansprüchen genügt, dazu die herrlichen Tierbilder der Grazer Malerin Bresslern-Roth, die es auf der Innenseite der Verpackung der runden Panuli Zuckerlrollen gab. *Tarzan* und *Sigurd* haben mich nicht interessiert. Ich mag heute noch keine Mangas oder Comics. Der grassierende

Tausch- und Sammelkult mit den Wildwest-Heften ging an mir vorbei. Ich hatte das Glück, sehr früh die phantastische Welt der Abenteuer-, Helden- und Sagenbücher entdecken zu dürfen. Hin und wieder aber bekam ich doch ein »Heftl«, und das brachte ich dann unserem Franz.

Er erlaubte mir, bei den Spielen hinter seinem Tor zu stehen. In allem imponierte er mir. So wie er wollte ich sein, ein im ganzen Dorf angesehener Fußball-Gott. Wenn der Franz mit der Arbeit fertig war, wusch er sich wild und ausgreifend an der Wasserpipe der Werkstatt. Ich verfolgte hingerissen, wie er schnaufte und schnaubte, wie er seinen nackten Oberkörper mit Wasser bespritzte, wie er sich das Wasser über Haare und Gesicht warf. Er bemerkte natürlich die Bewunderung seines kleinen Fans und übertrieb so stark er konnte. Wenn er fertig war und sich abtrocknete, fragte ich ihn, in der Hoffnung, er würde mit mir kicken gehen, was er denn jetzt vorhabe. Da sagte er: »Dorf auffi geh'n! Weiwa tupf'n!«

Unvergesslich ist der Franz uns allen durch eine Episode geblieben, in der er Papa »verlor«. Papa hatte das erste Auto seines Lebens gekauft, unser allererstes Auto. Er bekam es sehr günstig, weil es damals, 1951, schon alt und absolut nicht fahrtauglich war. In einem Nachbarort stand es aufgebockt im Garten des Verkäufers. In einem geborgten Lkw fuhren Papa und Franz, um unser erstes Auto nach Hause zu schleppen. Das war für uns alle ein großer Tag. Mama, die ein lustvolles Händchen für Inszenierungen hatte, organisierte die gesamte Nachbarschaft für Papas Empfang. Sie trug ihr geblümtes blaues Kleid, ich musste die verhasste Bleyle-Hose anziehen. Wundergeschichten über Autoreisen und Reisepläne kursierten, während wir, die Nachbarn und die gesamte Belegschaft unserer Werkstatt, auf das neue Auto warteten. Und dann war es so weit: Der Franz genoss seinen Auftritt und bog wie ein Wilder mit dem Lkw um die Kurve und bremste wenige Meter nach uns ab, damit Papa mit unserem angehängten Auto möglichst dekorativ genau vor uns zu stehen käme. Aber da war nichts.

Was wir sahen, war nur ein trauriges Stück abgerissenen Seils. Der wilde Franz war als Abschleppender viel zu rücksichtslos, zu schnell und zu gedankenlos gefahren. Papa, der hinten am Seil hing, hatte sich nicht verständlich machen können, weil unser neues Auto keine Hupe hatte. Auf dem Sonnenberg, kurz vor unserem Dorf, riss das Seil, und Papa rollte mit seinem neuen alten Auto langsam zurück, bis sich der Wagen mit dem Hinterteil so in einen Graben setzte, dass die Vorderräder frei in die Luft ragten. Das Auto hatte auch noch keine Bremsen gehabt.

VIII.

Herbstliche Blicke zurück in den Frühling

Fünf Tage war ich mit dem Motorrad ab Rio unterwegs gewesen. Ich war durch viele Dörfer gefahren, hatte in Privatzimmern genächtigt, oft ohne zu bezahlen, weil die freundlichen Gastgeber mich einluden und sich weigerten, mein Geld anzunehmen. Es waren durchwegs Landarbeiterfamilien mit einem monatlichen Durchschnittseinkommen von hundert bis zweihundert Euro. Überall wurde ich zum Essen eingeladen, zur Feijoada, das sind schwarze Bohnen mit Reis und Maniokmehl. In Salvador da Bahia machte ich länger Station. Zwanzig Kilometer außerhalb hatte ich ein Quartier, von dem aus ich täglich im vollbesetzten Autobus in die Stadt fuhr. Das Motorrad hatte ich in der versperrten Garage meines Gastgebers abstellen können.

Auf einer der Fahrten nach Salvador vergaß ich meine kleine teure Minolta-Kamera im Autobus. Ich war ziemlich verzweifelt, weil ich sämtlicher Reisefotos verlustig zu gehen drohte. Auf den Rat von Einheimischen wartete ich an der Haltestelle, an der ich ausgestiegen war, auf den Bus. Nach einer Stunde, so lange brauchte der Autobus für seine fahrplanmäßige Runde, kam er, und sowie der Fahrer mich wiedererkannte, griff er hinter sich und zog meine Kamera hervor.

Wenige Tage nach Salvador da Bahia bin ich in Manaus am Rio Negro, dort, wo Fitzcarraldos Geschichte spielt und die berühmte Urwaldoper steht (mit der Fitzcarraldo in realiter aber absolut nichts zu tun hat). Wieder geht es um einen Bus und seinen Fahrer. Ich musste zu einer Adresse, ganz draußen in der Vorstadt. Rund um mich saßen dicke Frauen, die mich unentwegt und mehr oder weniger zahnlos anlächelten. Der Busfahrer kannte meine Zieladresse nicht, die ich ihm aufgeschrieben hatte. Er gab den Zettel weiter an die Frauen. Sie beugten sich gemeinsam über den Zettel und begannen eine laute Beratung. Einmal war sich die eine sicher, dann widersprach eine andere. Schließlich schienen sie sich einig zu sein. Im Befehlston gaben sie dem Fahrer Anweisungen, die dieser ohne jeden Widerspruch befolgte. Er verließ die offizielle Route und lenkte den Bus durch enge Straßen, ständig links und rechts nach Hinweisen Ausschau haltend. Plötzlich, wir waren weit weg von der fahrplanmäßigen Strecke, brachen nicht nur die Frauen, sondern alle Autobusinsassen in Beifall aus: Meine Adresse war gefunden. Ich stieg aus, der Fahrer führte mit dem großen Linienbus ein schwieriges Umkehrmanöver durch, fuhr dann zurück auf seine fahrplanmäßige Strecke, in den Fenstern lachende Gesichter und winkende Hände.

Reisen ist anstrengend, keine Erholung. Aber nur der Reisende erlebt solche Dinge, weil er sich immer in Ausnahmesituationen befindet, die letztlich der Grund für seinen Aufbruch sind. Sightseeing hat mich nie sonderlich interessiert. Herauszufinden, dass der Eiffelturm, die Kathedrale von Chartres, das Empire State Building oder der Kreml so aussehen, wie ich sie von tausend Abbildungen kenne, war nicht mein Hauptinteresse. Für mich liegt der Reiz des Reisens in der Improvisation, in der Spontaneität, im Ausbruch aus Gewohnheiten und Reglements. Mehr als die herrliche Rosette des Straßburger Domes interessiert mich die Poesie eines sandigen Wegs zwischen Föhren und Wacholderbüschen. Ich mag die kleinen Dinge, die sich nicht vordrängen. Die ich entdecken darf. Vor allem anderen fasziniert mich aber der Mensch.

Im Grunde sind es immer die Begegnungen mit Menschen, die dem Leben einen Sinn geben, sagte der große Wilhelm von Humboldt. Das kann ich total nachvollziehen. Mich interessieren die Beobachtungen von und die Begegnungen mit Menschen. Wenn ich Ausstellungen besuche, interessieren mich bald die Menschen vor den Bildern mehr als die Bilder. Ich habe die Gewohnheit, immer ein Buch bei mir zu tragen, um mich beim Flanieren zu setzen und zu lesen. Ich komme aber nie dazu, weil mich eine Stimme, eine Szene, eine Aktion ablenkt. In Kaffeehäusern komme ich nicht zum Lesen, weil ich herauszufinden versuche, worüber die bei-

den Menschen am Nebentisch reden könnten, welchen Berufen sie nachgehen, ob sie glücklich sind oder Sorgen haben. Es ist eine Leidenschaft von mir, dazusitzen und Schicksale und Lebenswege zu erfinden.

Das ist der Hauptgrund für meine Reiselust und dafür, dass ich herrliche Dinge erleben darf. Als ich den Mekong hinunterfuhr, löste sich im laotischen Luang Prabang eine Zahnplombe, die ich Gott sei Dank retten konnte. Für mich war diese Zahngeschichte überhaupt kein Problem, ich wäre ohne Zahnplombe weiter um die ganze Welt gereist, aber eine mitreisende laotische Frau drängte darauf, mich zu einem Zahnarzt zu bringen. Sie wollte mir unbedingt zeigen, dass sie hier nicht hinter dem Mond wohnten. Mindestens fünfzig Menschen warteten vor dem Haus des Arztes, der von der Frau sofort herausgeholt wurde. Ich schilderte ihm mein Problem. Er nahm mich an der Hand und führte mich in dichtgedrängter Begleitung sämtlicher Wartender in seine Ordination. Als die Lehne des Stuhls, auf den er mich gesetzt hatte, immer zurückfiel, teilte er zwei der wartenden Patienten ein, sich wie Karyatiden unter die Rückenlehne meines Stuhls zu knien, damit ich einigermaßen zu sitzen kam. Dann steckte er mir Klopapier in den Mund, um sein Operationsfeld freizuhalten. Das missglückte aber, weil sich das Klopapier sofort vollsoff. Flehentlich stammelte ich meine Bitten um Hygiene, während er unter schärfster Beobachtung aller seiner Patienten Hand an mich legte. Ich bin gesund geblieben, und die Plombe sitzt heute noch. Viele solcher Erlebnisse könnte ich erzählen, wunderschöne Begegnungen, für die sich jede Anstrengung ausgezahlt hat. Weil man aber nicht nur im Schönwetter reist, will ich nur kurz erwähnen, dass ich in den letzten Jahrzehnten immerhin viermal überfallen worden bin. 1978, an meinem Geburtstag, im tansanischen Arusha; 2011 nächtens am Ufer des Schwertsees im Zentrum von Hanoi; und, jeweils in Begleitung meiner Frau, an einem Nachmittag des Jahres 2007 vor dem Bernabéu-Stadion in Madrid und am Silvestertag 2009 in Rocinha, der größten Favela Rio de Janeiros. Jedes Mal kam ich, kamen wir, körperlich unversehrt und glimpflich davon, auch in Hanoi, wo die beiden Täter mir im Zuge einer Rangelei allerdings meine Kamera mit sämtlichen gespeicherten Reportagefotos aus dem Parka entwendet haben.

Auch dieses Buch ist eine Reise in die Kindheit. Der weißmelierte Herbst-Mann blickt in seinen grünen Frühling zurück. Mit »Kindheits-Reportagen« will er ergründen, welches Blühen und Wachsen, welches Wetter, welche Zuwendungen zur Beschaffenheit der Ernte geführt haben, die er heute darstellt. Aus welchem Biotop kommt er? Wie gerade waren die Linien der Frühlings-Aussaat? Welche Menschen haben gegossen und gehegt? Wer hat an der Gestaltung des herbstlichen Mannes mitgewirkt, bewusst und unbewusst, gewollt und ungewollt? Was hat er selbst dazu beigetragen? Was aus seinem Frühlingsbiotop hat den Sommer überstanden, was hat er mitgenommen, was abgelegt? Darf er sich selbstbewusst neben den färbigen Herbstwald seines Landes stellen, ohne wegen Farblosigkeit zu sehr abzufallen?

Ich hoffe, klargemacht zu haben, dass es mir nicht um nostalgische Verklärung oder um das Beweinen vergangener Zeiten geht. Der Mann von heute bekennt sich mit jeder Zeile zur Notwendigkeit der Veränderung, auch wenn es ihn Anstrengung kostet, deren Geschwindigkeit zu folgen. Aber er bemüht sich jeden Tag. Jeden Tag verlässt er seine Komfortzone. Seine Eitelkeit lässt ihn alle dafür notwendigen Mühen überwinden, weil er davon ausgeht, dass ihn das jung hält. Aus dem Staunen des Frühlings ist hoffentlich ein wenig Weisheit geworden. So wie das Lachen des Kindes zum Lächeln des Mannes wurde.

Im 17. Jahrhundert schrieb Blaise Pascal, der eine Abhandlung über die Leidenschaften der Liebe *verfertigte und ein Droschken-Unternehmen gründete, das mit seinen »Fünfgroschen-Kutschen« den öffentlichen Verkehr in Paris markierte, den Satz: »Alles Unglück dieser Welt beginnt damit, dass der Mensch nicht in einem kleinen Raum bleiben kann.« Ich bin sicher nicht unter denen, die diesem Satz zustimmen. Ich halte Kreuzfahrten und Pauschalurlaube für legitim. Beides hat aber nichts mit Reisen zu tun. Mein Leben wurde durch das sehr einfache und sehr impro-*

visierte Unterwegssein ungemein bereichert. Ich habe schon in meiner Jugend darüber gestaunt, wie wenig man fürs Reisen braucht und wie sehr einen das Eintauchen in andere Welten erneuern kann. Das Wegfahren, das Ankommen, das Unterwegssein. Die Perspektiven verändern sich ständig. Es ist nicht jedermanns Sache, oft den Wohnort zu wechseln, schon gar nicht, wenn man die ganze Familie mit den Kindern immer wieder neu entwurzeln muss. Ich mag das. Ich habe die Lust, ständig zwischen Stadt- und Land-Welt zu wechseln, während vieler Jahre meines Arbeitslebens genießen dürfen, als ich wochenweise pendelte – von Wien und Graz in die Südoststeiermark, und dann wieder zurück. Dass es kein Unglück, sondern eine Lust war, den »kleinen Raum« verlassen zu können, durfte ich sehr früh entdecken. Im Alter von neun Jahren blieb ich das erste Mal in meinem Leben länger als einen Monat von zu Hause weg. Weit außerhalb meines bis dahin gewohnten maisgelben Kindheits-Planeten gab es noch ganz andere Welten, an denen ich staunend Maß nehmen durfte.

Küchentisch, Kaffeehäferl und Zeitung

In den Ferien der ersten beiden Klassen des Gymnasiums schickten mich meine Eltern auf Keuchhusten-Kur zu Verwandten in die Obersteiermark. In den Bergbauort Fohnsdorf. Ich wagte mich über den Tellerrand hinaus und lernte eine Welt kennen, die sich von meiner gewohnten sehr stark unterschied. Zunächst einmal landschaftlich. Mir bis dahin völlig unbekannte hohe Berge begrenzten den Horizont. Es gab mehr Wiesen als Felder, und auf den Hängen standen Nadelwälder, die düsterer wirkten als unsere Mischwälder im Süden mit den hellen sandigen Wegen an ihren Rändern, mit Erikasträuchern unter den Wegkreuzen. Im Norden war es auch kühler. Die Luft war frischer; viel später merkte ich, dass mir das Bienengesumme in der trägen Hitze über unseren Feldern fehlte. Es gab mehr Felsen. Die Gewässer waren lebendiger und klarer. Heute würde ich sagen, dass die nördliche Landschaft von der Spannung lebt, die zwischen Stein, Gras und Wasser besteht: Der Stein ist das Erstarrte, das Beharrende, das Gestrige. Der Stein ist immer Grenze, er ist geruchlos und schweigsam. Der Stein ist der Tod. Ganz anders das Gras. Es lebt, es duftet und bewegt sich im Wind. Es breitet sich aus wie die Zeit und wächst über den Raum des Steines.

Dieses Spannungsfeld von Zeit und Raum kennzeichnet unser Leben. Einmal verharren wir, dann ziehen wir weiter. Nomaden sind wir und zugleich Sesshafte. Und so wie das Wasser beides, den Stein und das Gras, ständig umspült, jedes bei sich lässt, aber die Grenzen ständig verschiebt, so ist das auch mit unserem Leben. Es gibt kein eindeutiges Schwarz oder Weiß, Ja oder Nein. Jedes Ende ist ein Anfang. Alles greift ineinander, ist miteinander vernetzt und voneinander abhängig.

Nach Fohnsdorf wurde ich zur Auskurierung meines Keuchhustens geschickt. Ich lernte eine Gesellschaft kennen, von der ich nach dem zweiten und dritten Blick das Gefühl bekam, dass sie der unseren weit voraus war. Der Markt Fohnsdorf war damals eine florierende Bergbausiedlung. Im Wodzicki-Schacht wurden vom Bergbauunternehmen Alpine in einer Tiefe von 1.200 Metern, also mehr als 400 Meter unter dem Meeresspiegel, pro Jahr fast 700.000 Tonnen Kohle abgebaut. Fohnsdorf war damals am Höhepunkt seiner Bergbautradition, die 1978 mit der Schließung des Bergwerks ihr Ende fand. Damals beherrschte die Alpine den gesamten Ort. Alles, was mir in Fohnsdorf begegnete, war meiner südoststeirischen Welt diametral entgegengesetzt, und ich weiß nicht, welch gütiger Laune des Himmels ich es zu verdanken habe, diese völlig neue, völlig andere Welt in einem Alter kennengelernt zu haben, in dem man besonders aufnahmebereit ist. Ich bin immer noch davon überzeugt, dass durch diesen sehr radikalen Kulissenwechsel die Basis für das alternative Sehen gelegt wurde, das mir später in meiner Arbeit als Journalist sehr geholfen hat.

Das fing schon bei meinen Gasteltern an, der wuchtigen Tante Lina und ihrem zarten Mann, dem Onkel Viktor. Sie bewohnten eines von fünf Holzblockhäusern, die am Südende des Ortes aufgereiht hinter Lattenzäunen standen. Jedes dieser Mietshäuser, die durchwegs von Alpine-Beschäftigten der etwas gehobenen Büroklasse bewohnt waren, hatte einen kleinen Gemüsegarten. Hinter jedem Haus stand ein kleiner Holzschuppen, in dem die Tante Lina fünf Hühner hielt. Einen Steinwurf hinter der gesamten Häuserzeile befand sich der Schlackenplatz des WSV Fohnsdorf, der damals in der zweithöchsten österreichischen Fußballliga spielte.

Jeden Abend, wenn es schon dunkelte, aber noch nicht ganz finster war, musste ich die Tante Lina in die Korn- und Weizenfelder begleiten, die damals zwischen Fohnsdorf und Zeltweg standen. Gemeinsam gingen wir auf Beutezug. Nach allen Seiten Ausschau haltend, schlichen wir gebückt durch die Felder und brockten Ähren in unsere Körbe, das tägliche Futter für ihre Hühner. Wenn wir Gefahr witterten, hockten wir uns auf den Boden. Einmal mussten wir rennen, es trafen uns aber nur die Flüche des Grundbesitzers. Es war symptomatisch, dass dieser abendliche Beutezug um Hühnerfutter in Fohnsdorf zu einer Geschichte von etwas Besonderem, ja gar Unrechtem wurde. Bei uns zu Hause wäre so etwas Normales wie Hühnerhalten und

Futterholen nicht erwähnenswert gewesen. Kein Bauer hätte sich auch nur gekratzt, wenn man von seinem Feld Weizen- oder Gerstenkörner genommen hätte. Diese klitzekleine Erfahrung mag mir als Indikator für die Andersartigkeit dieser neuen Welt gedämmert haben.

Es gibt neben den musikalischen Rufzeichen, über die ich im dritten Kapitel geschrieben habe, Bilder, die einen ein Leben lang begleiten. Wie jeder Mensch trage auch ich einige solcher Bilder durch mein Leben. Ich meine nicht die spektakulären Bilder, wie jenes des Studenten, der sich im Juni des Jahres 1989 auf dem Tian'anmen-Platz in Peking allein vor einen heranrollenden Panzer stellte und diesen zum Stillstand brachte. Oder die Bilder vom Flugzeug, das in den Tower stößt; vom Ehepaar Ceaușescu, das kurz vor der Erschießung in einem nackten Raum auf einer Bank sitzt; vom thailändischen König, vor dem die Minister knien; Bundeskanzler Figl auf dem Staatsvertrags-Balkon. Diese Bilder sind Allgemeingut geworden. Die meine ich ausdrücklich nicht.

Ich meine die individuellen, die absolut subjektiven Bilder, die nur den einen tangieren – und den anderen nicht. Sie frieren individuelle Augenblicke ganz subjektiv ein. Sie verlassen einen nicht mehr. Immer wieder wird man an sie erinnert, obwohl sie unspektakulär und alltäglich sind. Sie bleiben, weil sie in einem bestimmten Moment auf vorhandene Landebahnen treffen. Weil sie subjektive Erfahrungen, Ahnungen und Sehnsüchte ansprechen und sichtbar machen. Weil sie Stimmungen treffen, verstärken oder ergänzen.

Eines solcher Bilder, die schon ein Leben lang nur mir gehören, ist das Bild meines Fohnsdorfer Onkels Viktor, wie er an jedem Morgen die Zeitung und sein Kaffeehäferl mit dem Löffel drinnen zum Küchentisch trägt und sich hinsetzt. Die nächste Stunde liest er, und dabei kann man ihm zuschauen. Sein Kopf wandert mit den Zeilen hin und her. Seine Lippen bewegen sich lautlos. Die Alltäglichkeit eines solchen Rituals geistiger Arbeit kannte ich nicht. Bei uns zu Hause gab es das nicht, außer vielleicht beim Gemischtwarenhändler Wolinger, der einen zuschauen ließ, wie hart er bei einem Eintrag ins Aufschreibbüchel arbeitete. Da zog er den Bleistift vom Ohr unter dem Schirmkappl und buchstabierte alles, was er schrieb, laut mit. Das machte er so konzentriert, dass man neben ihm das gesamte Geschäft hätte forttragen können, er hätte es nicht gemerkt. Der Gemischtwarenhändler Wolinger war ein Spitzweg-Typ. Wie ein afrikanischer Forschungsreisender setzte er behutsam Schritt für Schritt in das unerforschte Dickicht der Buchstabenwelt. Der Onkel Viktor war schon erfahrener in diesem abstrakten Kosmos. Seine Lust am Zeitunglesen konnte man fast körperlich spüren. Das faszinierte mich, der ich bisher sehr viel, aber nur Bücher und meine monatlichen Jugendzeitschriften gelesen hatte. Ich las zudem unregelmäßig, wann ich eben Lust und Zeit hatte.

In Fohnsdorf entdeckte ich die Lust auf das Ritual mit den Tageszeitungen. Damit kam die Neugier auf die Neuigkeiten aus der Welt und meiner Umwelt. Ich bin Journalist geworden und habe mein Leben lang von und mit Nachrichten gelebt. Als öffentlicher Arbeiter habe ich viele gute und viele schlechte Nachrichten in die Welt gebracht. Ich bin ein News-Junkie.

Täglich lese ich mehrere Zeitungen. Ich höre, sehe und lese mehrmals das Gleiche. Es ermüdet mich nicht, weil mich die verschiedenen Sichtweisen und Schwerpunkte interessieren. Ich hoffe, dass meine Lebensenergie nie so abmagert, dass ich nicht mehr neugierig bin und nicht mehr nach links und rechts schaue. Täglich möchte ich Neues erfahren. Ich bin keiner, der nur Happen aufnimmt. Ich denke nicht, dass ich die ganze Geschichte kenne, wenn ich nur die Schlagzeile gelesen habe. Neugier ist Zukunfts-Energie. Das Leben ist kein Zustand, sondern ein Prozess. »Solvitur ambulando« haben schon die Römer gesagt: »Alles löst sich in der Bewegung.« Oder, wie wir sagen: »Wer rastet, der rostet.« Seit Jahrzehnten besteht das wichtigste Ritual meines Lebens in der täglichen Zeitungslektüre am Morgen zum Kaffee. Irgendeine klitzekleine Rolle spielte mein Fohnsdorf-Aufenthalt in meiner Berufswahl, ich spüre das irgendwo unter der bewussten Wahrnehmungsgrenze. Heute noch sehe ich den Onkel Viktor mit Kaffeehäferl und Zeitung zum Tisch schlurfen, wenn ich meine Zeitung aus dem Postfach hole. Er ist einer der Säulenheiligen meiner Neugier.

Die obersteirische Welt um Fohnsdorf hat mir, wie ich eingangs schon erwähnt habe, das Vorhandensein von Alternativen gezeigt. Die strukturierte obersteirische Welt der Bergarbeiter unterschied sich so grundlegend von der saloppen Hemdsärmeligkeit bei uns im Süden. Erstmals stellte ich fest, dass das Leben nicht in Tag und Nacht, sondern in Arbeits- und Dienstschichten eingeteilt war. Sie redeten von der Früh-, Spät- und Nachtschicht. Es gab klare Einteilungen in Arbeits- und Freizeit, es gab Urlaub. Hier spürte ich einen Rhythmus. Bei uns floss das Leben monoton und ohne Zeitstrukturen dahin. Wenn man in Fohnsdorf nicht arbeitete, trug man saubere Kleidung, und die Sonntage waren arbeitsfrei bis zum Abend. Alles war vorhersehbar und kalkulierbar. Bei uns im Süden, so schien es mir, war nichts berechenbar. Gearbeitet wurde pausenlos, weil das Wetter und das Vieh und das Getreide keine Pausen duldeten. Lebenszeit war Arbeitszeit, und als Arbeit galt nur die körperliche Tätigkeit. Ihr Wert leitete sich vom Grad der Mühseligkeit ab.

Die Leute zogen das Arbeitsgewand nie aus. Alles war irgendwie unfertig und improvisiert. Es gab keine Früh-, Spät- oder Nachtschicht. Der Unterschied zwischen Sonntag und Werktag war nicht groß. Das Sonntagsgewand trug man nur bis zum Mittag, am Nachmittag ging die Arbeit wieder los, am Abend musste, wie auch am Morgen, gefüttert werden. Der Bäcker, der Viktualienhändler, unsere Tankstelle – alles war auch am Sonntag offen, weil da die Pendler zu Hause waren und die Bauern Zeit hatten. Das Leben im Süden war »ausgefranster«. Ohne die Worte dafür gehabt zu haben, empfand das Kind den agrarischen Süden als viel sinnlicher als den industriellen Norden. Die Gerüche und Düfte waren vielfältiger. Imponderabilien des Wetters, der Getreide- und Viehwirtschaft machten das Leben im Süden spontaner und improvisierter, nicht so strukturiert und klar geregelt wie im Norden. Das konnte man an einigen Indikatoren ablesen, etwa daran, dass der Süden noch stark mit (dem unregelmäßig hereinkommenden) Bargeld bezahlte, während die Leute im Norden aufgrund der regelmäßigen Einkommen viel stärker schon mit bargeldlosen Bankkonten arbeiteten. Im Süden roch es mehr nach Schweiß und Menschen. Der Süden war Barock, der Norden Bauhaus.

Der Norden – das war eine ganz andere Erzählung. Ich fühlte mich auf dem Trail, von dem ich im vierten Kapitel geschrieben habe. Undeutlich notierte ich andere Werte und andere Ziele. Ich entdeckte Hinweise und notierte Zeichen, Rituale und Gewohnheiten, ohne als Bub zu einem klaren analytischen Bild zu kommen, das ich hätte beschreiben können. Alles staute sich noch zu einem nebulosen Gefühl. Es gab weniger Kirche und mehr Fröhlichkeit. Alles wirkte organisierter. Es gab viel mehr Vereine. Es gab Betriebsräte, etwas mir völlig Unbekanntes. Die Frauen der obersteirischen Industrieregion waren jenen des südlichen Agrarlandes in Bezug auf Selbstbewusstsein und Selbstbestimmung weit voraus. Der Grund für all das war die damals alles beherrschende Sozialdemokratie. Fast alle Gemeinden der Mur-Mürz-Furche hatten »rote« Bürgermeister. Und die waren damals noch »Soldaten« einer selbstbewussten Partei. Sie standen für die Sicherheit der Arbeitsplätze, für Solidarität und Planbarkeit. Sie lebten, was sie waren. Sie hatten keine Scheu, von Heimat zu reden. Sie trugen Tracht und sangen Volkslieder. Damals stand die Sozialdemokratie noch mit beiden Beinen am Boden der Realität. Die linken Salonplauderer und Lifestyle-Theoretiker hatten noch nicht die Meinungs-Hegemonie an sich gerissen. Bei uns im Süden regierten die Kirche und die »Schwarzen« über ihren Bauernbund – in dieser Reihenfolge. Legastheniker, Achtung: Das agrarische Zwischenstromland zwischen Raab und Mur habe ich »Maiso-potamien« getauft. Das politische taufe ich »Massai-potamien«. Wir hatten eine ausgesprochen feudalistische Gesellschaftsordnung mit wenigen Wirtschaftsmagnaten, mit Funktionären und starken Pfarrern. In Bezug auf die Funktionäre hat sich das nicht so sehr geändert. Heute sehe ich nicht wenige Bürgermeister in Maisopotamien als Strohmänner der Raiffeisenbanken. Damals waren sie ebenso tüchtige wie rücksichtslose Vertreter einer Goldgräber-Nomenklatura der Wiederaufbau-Ära. Um all das wusste ich als Kind natürlich nicht Bescheid. Unbewusst und beiläufig bekam ich aber aus dem Mix von Elternhaus und gesellschaftlichem Klima einen Lebensrucksack tief eingeprägter Kleinbürgerlichkeit, den ich nie ganz abgelegt habe.

Für mich war Fohnsdorf wie ein Klassenpult, auf dem alle Utensilien klar geordnet lagen. Bleistifte, Tintenschreiber und Papiere reihten sich in Reih und Glied aneinander. Alles war einladend einsatzbereit. Die Bleistifte waren gespitzt, weil die Gewerkschaft dafür ein eigenes Personal herausverhandelt hatte. Es gab eigene Schreiber, und nur sie durften am Tisch arbeiten, jeder zu seiner Einsatzzeit. Alle Pulte waren zu jeder Zeit voll besetzt.

Die Pulte des Südens waren vollgeräumt, die Bleistifte waren nur zum Teil gespitzt. Überall gab es Tintenflecken, kaum einen freien Platz für das Schreibheft. Jeder, der was zu tun hatte, nahm sich ein x-beliebiges Pult und hinterließ es völlig ungeordnet und überladen. Es gab keinerlei Synergien durch räumliche oder zeitliche Strukturen. Nie waren alle Pulte besetzt. Da merkte man sofort den damaligen Hauptunterschied zwischen dem Norden und dem Süden: die logistische Disziplin bei Menschen und Strukturen.

In Fohnsdorf erlebte ich erstmals die ganz andere Welt der Arbeiter. Die Bergarbeiter, die Knappen, waren die Aristokratie der Arbeiterschaft. Sie hatten eine Bergtracht mit Federbusch und grüßten sich anders als die übrige Welt mit »Glück auf«. Sie betrachteten sich als »Stand« und pflegten das sehr selbstbewusst in ihren Gesangsvereinen, die bei uns im Süden beispielsweise viel seltener waren. Onkel Viktor war der Schriftführer des Männergesangsvereins. Wenn er beim Zusammensitzen das *Steigerlied* anstimmte, entstand so etwas wie eine heilige Stimmung. Dann fielen alle ein, und jedes Mal legte er seinen Kopf auf die Schulter irgendeines Nachbarn und machte die Augen vor Andacht zu, wenn er aus voller Kehle und mit Inbrunst sang:

»Glück auf, Glück auf, der Steiger kommt.
Und er hat sein helles Licht bei der Nacht,
und er hat sein helles Licht bei der Nacht
schon angezündt', schon angezündt'.«

Im *Steigerlied* geht es um die Hoffnung, am Ende wieder heil aus dem Berg zu kommen. Immer wieder haben die Besuche bei der Tante von der Todesangst der Männer erzählt, die in 1.000 Metern Tiefe arbeiten, weil nicht selten Knappen verschüttet wurden oder bei Grubenexplosionen den Tod fanden. Jahre später, 1998, war ich als Journalist beim Grubenunglück im steirischen Lassing, bei dem zehn Knappen umgekommen sind. In einer Filmdoku, die ich für den ORF zuvor in Lassing unter dem Titel *Sonntag im Dorf* gedreht hatte, waren einige dieser umgekommenen Bergleute aufgetreten. Da stellte ich mir eine Frage, die ich möglicherweise als Kind in Fohnsdorf schon geahnt hatte: »Kann man jede Arbeit mit Geld bezahlen?«

So wie die Fohnsdorfer Bergleute ihre Arbeit feierten, vermittelten sie mir, dem Kind, das Gefühl, dass Arbeit irgendwie heilig ist. Und trotzdem kamen dann die Jahre, da niemand mehr Arbeiter sein wollte. Heute gibt es nur noch Arbeitnehmer. Weil die Gewerkschaften immer nur von Verteilung geredet haben und nie von der Bewertung, von Identität, die durch jene Liebe zur Arbeit entsteht, die ich in Fohnsdorf kennengelernt habe.

Die Tante Lina hat mich in den Feldern zum Hühnerfutter-Stehlen verleitet. Dem Onkel Viktor habe ich einen der stolzesten Momente meiner Kindheit zu verdanken: Über seine Vermittlung durfte ich beim Bezirks-Sängertreffen die Tafel mit der Aufschrift *MGV Fohnsdorf* tragen. Einen ganzen Vormittag lang, vor Hunderten von Besuchern, führte ich sie, die Knappenmusiker mit ihren schwarzen Federbüschen auf den Hüten, und dahinter die Sänger in Steirertracht. Auf ihren Hüten schaukelten die Gamsbärte. Dagegen war das Ministrieren daheim gar nichts. Der Onkel Viktor starb sehr früh. Die Tante Lina hat meine Achtung für ihn gewürdigt. Sie schenkte mir seine bescheidene Sammlung von Briefmarken, die er von jeder Post, die sie bekamen, persönlich abgelöst hatte. Und dann bekam ich noch seine fünfteilige Shakespeare-Ausgabe, *Brehms Tierleben* und *Die Kinderwelt von A bis Z.* Diese sieben Bücher waren der Startschuss für meine Bibliothek.

IX.

»Man stirbt im Südwind«

Plötzlich fehlte mir der Baum am Schulweg. Zum ersten Mal. Täglich war ich an ihm vorbeigegangen, doch »gesehen« habe ich ihn erst, als er geschlagen war. Mit der Gesundheit verhält es sich genauso. Oft erkennen wir ihre Bedeutung erst dann, wenn sie uns fehlt. Nichts im Leben ist selbstverständlich. Wenn es läuft wie »geschmiert«, macht sich die Monotonie der Routine breit. Die Routine schläfert uns ein. Sie gaukelt Selbstverständlichkeit vor.

Der hochprofessionelle Schauspieler weiß von der Schwierigkeit, bei der hundertsten Vorstellung den Satz »Ich liebe Dich!« ebenso überzeugend zu sagen wie bei der Premiere. Routine vertreibt das Publikum. Sie nimmt mir die Leidenschaft und meinem Publikum das Interesse. Das gilt für alle Bereiche, für den Schauspieler ebenso wie für den Politiker oder den Lehrer vor seiner Klasse. Mein Körper ist mein Freund. Er wappnet mich in Ausnahmesituationen durch besondere Konzentration. Wenn ein Jäger im Busch auf die Jagd geht, ist sein Körpertonus angespannt. Er schleicht lautlos, lugt nach links und rechts. Er ist hoch konzentriert, weil zu jeder Sekunde eine Bestie attackieren kann. Er kann sich keine Routine leisten. An seiner Aufmerksamkeit hängt sein Leben.

Die Zeit im Bild *ist das Aushängeschild der ORF-Information. Ich bin heute noch stolz darauf, dass ich diese Sendung moderieren durfte. Millionen Menschen schauen zu. Wenn der Moderator versagt, beschädigt er nicht nur eine der wichtigsten Sendungen, er beleidigt auch das Publikum und verrät alle Mitarbeiter, die, überall auf der Welt, vor und hinter der Kamera, in mühevoller Arbeit, technisch und journalistisch, zur Gestaltung der Sendung beitragen. In all den Jahren, da ich die* Zeit im Bild *moderiert habe, hat es nicht einen Abend gegeben, an dem ich nicht gespannt gewesen wäre wie eine Armbrust. Nicht selten habe ich erlebt, dass meine total verschnupfte Nase frei wurde, sobald das Rotlicht kam und wir auf Sendung gingen. Sowie die Sendung vorbei war, machte die Nase wieder zu. Es hat seine Richtigkeit, wenn der Volksmund sagt: »Ich kann mir nicht leisten, krank zu werden, denn ich habe zu viel zu tun!« Man stirbt im Südwind, sagen die Italiener, dann, wenn die kalten Stürme nachlassen, lassen auch wir nach.*

Das alles schreibe ich als Plädoyer für die vielen »ersten Male«, die es in jedem Leben gibt. Die »ersten Male« sind das Gegenteil von Routine, von Selbstverständlichkeit und Monotonie. Darin liegt auch die Poesie der ersten Liebe.

Der norwegische Biologe F. O. Guldberg stellte 1896 die These auf, im Kreis zu gehen gehöre zu den »allgemeinen Gesetzen« der Biologie. Wenn die Wissenschaft vom »Kreis-Instinkt« spricht, meint sie, dass Menschen wie Tiere dazu neigen, im Kreis zu gehen, um zu überleben. Der »Kreis-Instinkt« führt im Ernstfall immer zum sicheren Ausgangspunkt zurück. Wenn wir uns entwickeln wollen, müssen wir den Kreis verlassen und geradeaus gehen, um vorwärtszukommen. Wir beginnen einen »Trail«. (Ich erinnere an meine Anmerkungen zur Unterscheidung von »Pfad« und »Trail«, auf die ich im IV. Kapitel eingegangen bin.) Der US-amerikanische Autor, Journalist und leidenschaftliche Wanderer Robert Moore bezeichnet in seinem jüngsten Buch Wo wir gehen. Unsere Wege durch die Welt *das Geradeaus-Gehen als einen neuronalen und intellektuellen Balanceakt. Es erfordert Kenntnis, Risikobereitschaft und Mut. Als Hilfe bieten sich bereits begangene Pfade an. Wir neigen dazu, immer den Pfad zu wählen, der von den meisten vor uns begangen wurde, weil er die Geschichte der Sicherheit erzählt. Folge immer der stärksten Spur, die du finden kannst, ist ein Leitsatz unserer Erziehungsphilosophie. Das macht unser Leben zu einem mäandernden Strauß von Pfaden.*

Unsere häufigsten »ersten Male« liegen naturgemäß in der Phase der Adoleszenz. Kindheit und Jugend sind die Perioden der Lehrzeit, da erleben wir vieles zum ersten Mal. Unsere noch geringe Lebenserfahrung lässt uns diese erstmaligen Erlebnisse übermäßig stark gewichten. Deshalb erinnern wir uns an die Erst-Kommunion, den ersten Anzug, die erste Uhr und die erste

Liebe, und vielleicht besonders gern an den ersten Kuss. Die »ersten Male« setzen uns sozusagen »in die Spur«. Ihre Bedeutung liegt darin, dass sie die Pfad-Finder unserer Entwicklung sind. In jedem Leben gibt es viele »erste Male«. Die einen stellen wichtige Wegmarken und Zäsuren dar, andere verebben spurlos. Spuren liefern die Informationen des Lebens – unaufdringlich und beiläufig. Wir folgen den Spuren der Vorfahren, der Kultur, der Konvention, des Erfolgs.

Welchen Spuren folgt der Flüchtling? Wie entstanden die vielen Flüchtlingswege von Süd nach Nord? Robert Moore beschreibt es in dem genannten Buch so: »Zunächst gibt es eine Vermutung für den besten und sichersten Weg. Die Vermutung wird bestärkt und damit zur Behauptung.« Von dieser Behauptung sei es dann nicht mehr weit zum Dialog, dann zur Debatte und schließlich zu einem Chor, »der sich vervielfältigt und mit immer neuen Stimmen darauf hinweist: Hier ist der sicherste Pfad.« Nach Aldous Huxley liegt dieses Muster allem wissenschaftlichen Fortschritt zugrunde.

Im Regelfall folgen die Spuren ameisenhaft den erprobten ausgetretenen Wegen. Wir setzen unser Leben sozusagen auf Schiene und wissen zumeist, wohin der Weg führt, wann wir wo sein werden. Das macht nicht alle glücklich. Viele brechen aus. Einige finden neue Wege, einige stürzen ab, aber manche landen bei den Sternen. In den Kapiteln vorher habe ich über meine musikalischen Rufzeichen und über meine eingekerb-

ten Bilder geschrieben. Jetzt will ich von einigen sehr verschiedenen »ersten Malen« meines Lebens erzählen.

Es war ein müder Sonntag. Nach dem Essen hatten wir uns aufgemacht und lagen in Badekostümen am Bachufer. Um uns noch andere Leute aus dem Dorf. Meine fesche Tante Herta war zu Besuch. Sie war Lehrerin, an die dreißig Jahre alt, und unterrichtete an einer Grundschule in Wien. Ich lag neben Mama und blinzelte in die Sonne. Da stellte sich die Tante Herta breitbeinig vor uns hin und fragte Mama, »ob man etwas sehen könne«. Mama setzte sich auf, begutachtete konzentriert den Bauch der Tante. Dann strich Mama mit den Zeigefingern beider Hände über Hertas Bauch, genau dort, wo ich unter dem Gewand die schwarzen Dreiecke der Mädchen wusste. Der Badeanzug meiner feschen Tante hatte ein klitzekleines Löchlein, das man nur sah, wenn man von ihm wusste. Sowie ich die schwarzen Haarkräusel aus dem Badeanzug herausstehen sah, wurde mir heiß. Ich sprang auf und lief zum Bach, so als ob ich das schon längst vorgehabt hätte. Mir war heiß im Kopf. Das war die erste bewusste Begegnung meines Lebens mit dem Tabu. Ich hatte die Schamhaare einer erwachsenen Frau gesehen. An diesem Tag wurde mir nicht mehr wohl. Ich hatte das Gefühl, sämtliche Blicke aller Leute am Bach stachen in mich hinein. Je mehr ich versuchte, durch Planschen und Schreien von meiner Verlegenheit abzulenken, desto stärker würgte mich die vermeintliche Sünde. Eva hatte mich mit dem Apfel überrascht. Ab sofort war ich Mitwisser, und als solcher fühlte ich mich schuldig.

In einem Schulaufsatz, den ich ungefähr zur selben Zeit über meinen ersten Theaterbesuch zu schreiben hatte, beschrieb ich, wie wichtig mir die Kleidung vor der Aufführung war. Meine Eltern hatten mich für diesen ersten Theaterbesuch meines Lebens neu eingekleidet. Erstmals zog ich meinen neuen Anzug an, das weiße Hemd, die erste Krawatte, die schwarzen Schuhe – all dem gehörte meine ganze Aufmerksamkeit. Den kilometerlangen Weg vom Internat ins Schauspielhaus gehe ich mit der Klasse sehr behutsam, damit die glänzenden Schuhe nicht beschmutzt werden. Wir sehen Die Räuber *– und beim nächtlichen Nachhausegehen hat sich meine Welt verändert. Franz und Karl Moor haben meinen Kopf besetzt, das Gute und das Böse, Rache und Vergebung, Intrige und Brutalität, Liebe und Verrat. Der aufrechte Pfarrer Moser, die getreue Amalia, die Protagonisten Spiegelberg und Kosinsky – alle stehen für das Panoptikum einer Welt, die sich mir plötzlich wie ein großes lebensgefährliches Labyrinth darstellt. Hinter all den Fragen, die sich nun ergeben, ist meine Kleidung in die völlige Bedeutungslosigkeit abgetaucht.*

In Norddeutschland erlebte ich vor wenigen Jahren ein »erstes Mal«, das mich erschütterte. Einen Tag lang war ich durch die Lüneburger Heide gewandert, danach saß ich bei Kaffee und Kuchen am spä-

ten Nachmittag im Hof eines Gutshauses in Bispingen. Am Boden neben mir Mai, meine Hündin. Nach der kilometerlangen Tageswanderung war sie ebenso erschöpft wie ich. Sie schlief so fest, dass sie sogar meinen Streuselkuchen nicht mehr witterte. Ihren Kopf hatte sie auf meinen Rucksack gebettet. Ich wollte gerade mein Buch aufschlagen, als mir am Nebentisch eine ältere Dame mit verweintem Gesicht auffiel. Auf meine Frage, ob sie Hilfe benötige, bat sie mich an ihren Tisch. Sie erzählte, dass sie iranischen Ursprungs und Ärztin sei und schon seit Jahrzehnten in Hamburg lebe. In die Heide sei sie gekommen, um ihre Enkelin in einem Friedwald zu begraben. Diese Enkelin habe sich vor wenigen Tagen vor den Zug gestürzt. Sie habe keine Kenntnis von dieser Enkelin gehabt, da deren Vater, ihr Sohn, vor Jahrzehnten jeden Kontakt zu ihr abgebrochen hatte. Auch heute wisse sie nicht, wo dieser Sohn sei und ob er überhaupt noch lebe. Das Grab und die Bestattung der Enkelin organisierte sie, nachdem sie von den Behörden durch einen an sie adressierten Brief der Enkelin ausfindig gemacht worden war. Die Enkelin sei hochgradig rauschgiftsüchtig gewesen, ihr sei das Leben völlig entglitten. Das habe sie ihrer Großmutter in dem Brief als Grund für ihren Selbstmord mitgeteilt. Die Dame zog den völlig zerknitterten Brief aus ihrer Tasche. Ich sah das erste Mal die Schrift eines Menschen, der den Entschluss gefasst hatte, in den Tod zu gehen. Unter einem neuerlichen starken Tränenausbruch fragte mich die Iranerin, ob sie sich schämen müsse, weil es sie glücklich mache, ihre Enkelin im Frieden der warmen Erde zu wissen. Das war das erste Mal, dass ich eine völlig fremde Frau an der Hand nahm und das Gefühl hatte, ich müsse ihr Tränen schenken.

Und weil es irgendwie hierherpasst: In meinem Buch Wind an den Sohlen *beschrieb ich die erschütternde Begegnung mit einem Mann in Stonehenge, der mich ganz kurz für seinen Sohn gehalten hatte, der zwanzig Jahre zuvor grußlos sein Haus verlassen hatte. Nie werde ich das von verzweifelter Enttäuschung erschütterte Gesicht dieses Mannes vergessen.*

1964 – das war vor fast sechs Jahrzehnten – begegnete ich als völlig unerfahrener junger Mann einer absolut unbekannten Parallelwelt, von deren Bestehen ich bis dahin nicht einmal eine Ahnung gehabt hatte. Ich arbeitete als Schiffssteward und hatte die Ausfahrt meines Schiffes, der Arcadia, nach Kanada verpasst. Mein Arbeitgeber, die Transocean Company in Bremerhaven, verdammte mich bis zur Rückkehr der Arcadia zum Dienst auf der Seute Deern, einem kleinen Ausflugsschiff von nur 500 Bruttoregistertonnen, welches täglich die Route Bremerhaven – Helgoland – Bremerhaven befuhr. Ich hatte keine Ahnung, dass Helgoland damals das Mekka der Transvestiten war. An jedem Tag stand ich an der Kassa beim Schiffsauf-

gang und gab den Herren, die in hochhackigen Schuhen und Damenkleidung allein oder untergehakt zu zweien auf das Schiff gingen, die Billets.

Es dauerte lange, bis ich mich an die exaltierten Manieren, die schönen Busen und die gewagten Damenhüte in Verbindung mit den tiefen Männerstimmen gewöhnte. Alle waren ausnehmend freundlich und nett, und nicht einer hat sich mir sexuell genähert, auch nicht, als ich für zwei Tage zum »Dienst als Klofrau« eingeteilt war, weil unsere diesbezügliche »Erst-Besetzung« erkrankte. In all den Tagen auf dem »Transvestiten-Schiff« musste ich keinen einzigen »Ausrutscher« eines Fahrgastes, in welche Richtung immer, erleben. Diese Episode auf der Seute Deern war möglicherweise mein skurrilstes »erstes Mal«.

Ein besonders schönes erstes Erlebnis hatte ich in Teneriffa. In einem Café am Meer, tausende Kilometer weg von zu Hause, beobachtete ich eine ältere Frau, wie sie ein Buch von mir las.

Eine Erfahrung für mein Leben machte ich, als ich entdeckte, wie der wildeste Raufer unseres Dorfes plötzlich innehielt, als ich aus Angst vor seinem Schlag in die Schriftsprache verfiel. Dieses Phänomen der Kapitulation gegenüber der »Macht der Hochsprache« erlebte ich später öfter im Umgang mit aggressiven Analphabeten.

Ich denke, dass Sie mir zustimmen, wenn ich behaupte, dass die schönsten »ersten Male« fast immer mit der Liebe zu tun haben. Die ersten »ewigen Lieben« verlaufen bei allem »Weltschmerz« relativ problemlos, weil sie ausschließlich mit Ver-Lieben zu tun haben. Das viel schwierigere Ent-Lieben ist ein Phänomen, auf das wir erst im reiferen Leben stoßen.

Fotoshooting mit der Mitzi

Zu allen Zeiten zogen fahrende Händler und Handwerker, wie Messer- und Scherenschleifer, bei uns durchs Land. Die Luttenbauers waren in der ganzen Gegend bekannt. Er war klein, trug immer einen großen Hut und über einem farblosen Hemd eine zerschlissene Jacke. Vom Gesicht seiner Frau sah man nur die große Hexennase, weil sie ihr Kopftuch immer tief, fast bis zur Nase, heruntergezogen hatte. Beide waren eigentlich sehr freundlich, aber man verstand sie kaum, weil beide, er wie sie, keine Zähne mehr hatten. Sie saßen immer nebeneinander auf dem Kutschbock, so fuhren sie über die Landstraßen und von Haus zu Haus. Wenn es einen Auftrag gab, holte der Luttenbauer die notwendigen Geräte aus dem Wagen, stellte sie auf und schleifte die Scheren und Messer an Ort und Stelle. Ihr Planwagen hatte Gummiräder. Er wurde von einem braunen Pferd mit schwarzer Mähne gezogen. Die Burgi war ihre Tochter. Sie lebte auf dem Planwagen, und immer wieder einmal, wenn die Luttenbauers in der Gegend waren, besuchte sie irgendeine Klasse unserer Schule. Schon als Kind trug sie immer ein Kopftuch, damit war sie in der Schule die Einzige. Jeder mochte sie. Auf dem Schulhof war sie immer der Mittelpunkt. Sie erzählte Unglaubliches aus anderen Gegenden. Sie lachte viel und konnte einem das Schmalzbrot wegzaubern. Wir alle wussten, dass sie mit einem hinter die Büsche ging und ihren Kittel hob, meistens für Jausenbrote oder eine Manner-Schnitte, manchmal auch für gar nichts. Irgendwann, als ich älter wurde, verschwanden die Luttenbauers und ihre Burgi aus meinem Leben. Ich habe keine Ahnung, ob die Burgi noch lebt und wo sie heute sein könnte. Man fühlte sich immer gut, wenn die Burgi um einen war. Da war alles sonnig. Sie war eine Energiespenderin. Für einige Manner-Schnitten vermittelte sie mir das erste Mal in meinem Leben das wohltuende Gruseln vor dem Erotik-Tabu. Und weil so etwas für jedes Leben interessant ist, erzähle ich hier die weiteren Geschichten meiner ersten »ewigen« Lieben. Nach der Luttenbauer Burgi kam die Feiger Liesl.

Ich habe schon mehrmals darauf hingewiesen, wie sehr unser Dorf zur Zeit meiner Kindheit von Weingärten umkränzt war. Einen davon gibt es noch, ansonsten sprenkeln heute Ein- und Mehrparteienhäuser die Hänge. Früher zogen sie dort den Muskat-Ottonel. Bei uns wurden aber auch der

Luttenberger und der Jerusalemer getrunken. Die Sorten waren aber nicht wichtig. Wichtig war der Alkohol, der – nicht sehr veredelt – sofort ins Hirn stieg. Die Trinkkultur war von archaischer Prägung. Die alten Männer soffen aus Gewohnheit, die jungen, um ihre Männlichkeit zu beweisen. Sie bewerteten am Grad ihrer Trunkenheit die Qualität eines Festes. Sie maßen sich und einander in Raufereien. Der Alkohol machte sie auch stark und mutig im Umgang mit den Frauen.

Niemand sprach von der Liebe ohne Scham. Immer ging es ausschließlich um die Kopulation. Sie passierte zwar hinter verschlossenen Türen, aber darüber wurde immerzu gekichert und geflunkert. Es gab so etwas wie eine gesellschaftliche Einigung auf Zotigkeit. Man hatte keine Worte für Sexualität und Liebe, außer verbergende, abwehrende, zotige. Weil in dieser Körper-Welt die körperliche Liebe ein Tabu war, gab es für die Sexualität keinerlei Erziehung zu seriöser Begrifflichkeit. Es war eine Körper-Welt ohne Körperkompetenz. Das Verhältnis von Realität und Darstellung stimmte überhaupt nicht. Es gab unendlich viele vulgäre Bezeichnungen für die Geschlechtsteile von Mann und Frau. Man übertünchte jede Verlegenheit. Wer liebte, hielt dies für eine Schwäche, die man sich nur im ganz privaten Bereich leistete. Öffentlich schämte man sich dafür. In der Öffentlichkeit wurde Liebe zum Ritual gestutzt.

In jeder heterosexuellen Partnerwahl hat die Frau schwerwiegendere Konsequenzen zu tragen als der Mann. Sie kann schwanger werden, sie muss stillen und aufziehen. Gebären und Nestpflege binden sie stärker als den Mann und ziehen sie auch stärker »aus dem Verkehr« als diesen. Der Mann ist sofort nach der Zeugung wieder »verkehrsfähig«. Wir alle wissen das, und trotzdem hat bei uns am Land immer nur der Mann die Frau ausgesucht und gewählt. Er hatte alle Rechte. Nur ganz selten, und nur in den aufgeklärtesten Fällen, war es umgekehrt – oder zumindest partnerschaftlich. Der Bursch bestimmte, mit welchem Mädchen er »ging« und welche er »stehenließ«. Sie wurde »genommen« und »stehengelassen«, und das war oft von Schmach begleitet.

Hochzeiten waren zuallererst bombastische Demonstrationen von Reichtum und Ansehen. Hochzeiten wurden für die Kulisse inszeniert. Das hatten sie mit den Gräbern gemein, auch die schmückt man nur für die anderen. Ich bewunderte die von einigen Frauen überaus kunstvoll gestalteten Hochzeitstorten. Das waren mehrstöckige Kunstwerke, die ganz oben, auf der Spitze, das Zuckerguss-Brautpaar zeigten. Ihr kulinarischer Wert war zweitrangig. Sie waren zuallererst Herzeige-Objekte. Auch das wieder mit dem Grab vergleichbar. Das hatte etwas Groteskes.

Ehebruch war das Zeichen juveniler Stärke – und für das Umfeld ein wollüstig zugerauntes und beklatschtes Ereignis. Die Ehen mussten sich immer erst einspielen, stabiler wurden sie mit den Kindern. Wenn die Kinder aus dem Haus waren, wurden die Ehen am stabilsten. Dann wanderten beide gemeinsam und schweigend über die Eisfelder der Monotonie, dem Tod zu. Neuigkeiten gab es höchstens von den Bandscheiben.

Die sogenannte Liebe war wie die Jagd. Die Männer waren die Jäger, die Frauen die Beute. Gejagt wurde immer und überall, Tag und Nacht, an den Stammtischen, vor und nach der Sonntagsmesse – und man darf nicht sagen, dass die Frauen ungern mitspielten. Ihnen war es egal oder nicht bewusst, dass sie Opfer waren. Viele hatten sich eingerichtet und verdrängten das. Auf den Festen und Bällen beteiligten sie sich mit ebensolcher Lust am erotischen Schenkelklopfen wie die Jäger. In gespielter Koketterie schlugen sie die Augen nieder und betonten damit, wie gehorsam sie ihre Rolle internalisiert hatten. In aufdringlichster Weise schmückten und präsentierten sie ihre primären und sekundären Geschlechtsmerkmale. Immer wieder war die eine weniger, die andere mehr dazu bereit, nach dem zweiten oder dritten Achterl sich heimlich mit hinaus aufs Klo oder hinter den Busch ziehen zu lassen.

Die Männerwelt beklatschte stolz »Abschuss«-Erfolge und -Trophäen. Die Gehörnten wurden belächelt. Die männlichen Wilderer standen in hohem Ansehen. Schweinereien wurden augenblinzelnd unter den Teppich gekehrt; nur von den Frauen, denen es gelungen war, »unter die Haube« zu kommen, wurden sie harsch kritisiert. Und zwar besonders streng, weil sie die Erfahrung voraus hatten, dass die Vagina und nicht der Kopf der wichtigste Trumpf der Frau war. Und da waren alle Frauen gleich. Jederzeit konnte also Konkurrenz auftauchen. Das war vaginaler Darwinismus.

Die Gasthausgeher waren ausschließlich Männer. Ihnen genügte als Bestellung die Farbangabe: Einen Roten oder einen Weißen bestellten sie, und dann tranken sie das, was auf den Tisch kam, und nicht zu wenig davon. Das Individuellste, was es gab, war damals die Mischung. Die Frauen, die nach der Messe an den Sonntagen kurz ins Gasthaus kamen, tunkten Semmeln in den Wein. Das Hauptgetränk war der Most, das Produkt der vielen Streuobstwiesen. Er war das Gebrauchsgetränk, pur, mit Wein gemischt, mit Wasser verlängert. Oder gezuckert für die Kinder.

Aber jetzt weiter zu meinen »ewigen« Lieben. Nach der Luttenbauer Burgi, die ja keine »Liebe«, sondern »nur« eine exhibitionistische Manner-Schnitten-Affäre war, war meine erste »ewige« Liebe die Feiger Liesl. Sie scheiterte in einem unserer Weingärten, etwa zwei Kilometer außerhalb des Dorfes. Da stand ein kleines Kellerstöckl. Darin beging ich meine allererste Sünde gegen die Keuschheit. Die Mutter der Feiger Liesl erwischte mich beim Doktorspielen mit ihrer Tochter. In flagranti. Die Liesl war etwas jünger als ich. Sie war meine erste ewige Liebe. Mir war klar, dass wir heiraten würden. Das muss ich ihr ziemlich gut vermittelt haben, denn sie war mir wie ein Schlachtlamm in den Weinberg gefolgt. Nachdem wir ertappt worden waren, merkte ich, dass der Weg vom Weinberg ins Dorf so schmerzhaft lang wie ein Kreuzweg war. Auf jedem Meter dieses Weges zog mir Liesls Mutter mit der Weidenrute eins über die nackten Beine. Dabei fluchte sie und verdammte ihre Tochter und mich in alle Höllen. Ich hätte davonlaufen können, tat es aber nicht. Ich kalkulierte, meine Schuld würde mit den Rutenschlägen getilgt werden. Ich hatte den Zorn von Liesls Mutter aber unterschätzt. Erbost keuchend informierte sie Mama. Meine erste ewige Liebe endete mit Hausarrest.

Dass man für eine Frau kämpfen darf, lernte ich bei meiner zweiten »ewigen« Liebe. Für die Korber Vreni warf ich mich zweimal in die Schlacht. Beim ersten Mal gelang mir ein Pyrrhussieg, das zweite Mal endete schmachvoll. Das war, als ein Sinti mit einem Tanzbären an der Kette ins Dorf kam. Jahre später erfuhr ich, dass er von Bulgarien heraufgekommen war. Einige im Dorf kannten ihn, weil er periodisch immer wieder auftauchte. Auf einem vorbereiteten handgeschriebenen Plakat lud er die Männer des Dorfes zum Kampf mit seinem Bären ein. Wer den

Bären eine Minute lang am Boden zu halten vermöge, sollte von ihm tausend Schilling bekommen, versprach der Sinti. Das war eine Summe jenseits jeder Vorstellungskraft. Aber darum ging es mir nicht. Papa und Mama waren für drei Tage mit einer Reisegruppe aus dem Dorf auf Autobusausflug. Ich meldete mich für den abendlichen Bärenkampf. Ich las gerade die *Deutschen Heldensagen* und war in Drachentöter-Stimmung. Ich wusste damals nicht, dass Bären keine Mimik und deshalb immer ein beruhigend liebes »Gesicht« haben. Dazu kam der Bärenhalter selbst, der mich eher ermutigte als abwies. Ich wollte es der Korber Vreni zeigen. Für sie wollte ich kämpfen. Ich wollte der Drachentöter für meine Kriemhild sein.

Einige Burschen aus dem Dorf, alle viel älter als ich, hatten sich ebenfalls zum Bärenkampf gemeldet. Heute weiß ich, dass keiner der Anwesenden mich und die ganze Bärensache so ernst nahm wie ich. Und vielleicht auch die Vreni, die ganz vorne neben ihrer Schwester stand. Jedenfalls ließ mich der Bärenhalter als Ersten gegen seinen Bären antreten. Der Bär war nur wenig größer als ich. Ich konnte ihm direkt in die gutmütigen Augen sehen. Seine Schnauze und Tatzen waren mit umgebundenen Ledergamaschen abgedeckt. Der Bärenhalter hielt ihn knapp an einer kurzen Kette. Alles eigentlich kein Grund zu größerer Beunruhigung. Was sollte da schon passieren!

Auf das Kommando des Bärenhalters warf ich mich sofort gegen den Bären. Ich wollte kurzen Prozess machen und die Sache schnell hinter mich bringen. Der Bär schaute verdutzt. Dann schlug er mit einer Tatze gegen meinen Hintern und schoss mich wie einen Schlagball mitten in die Zuschauermenge. Riesiges Gejohle umwölkte mich. Die Flammen der Schmach verbrannten mein Gesicht. Um mich schlagend, befreite ich mich von den Helfern und raste davon. Stundenlang versteckte ich mich im Wald. Nie mehr wollte ich einem Menschen unter die Augen treten, der Korber Vreni schon gar nicht. Sie war ja letztlich schuld an allem.

Oft kann man sich nur wundern, wie lang »ewige« Liebe dauern kann. Nur ein Jahr nach dem Bärendebakel gehörte der Korber Vreni immer noch meine Liebe.

In der dritten Klasse erzählte uns der Pfarrer die Geschichte vom kleinen Moses, wie er vor den Häschern versteckt in einem Korb auf dem Nil davonschwimmt. Ich hatte keine Augen für die Bilder im Katechismus. Denn während der Pfarrer jetzt in Schalmeientönen über die Liebe redete, ließ er meine Korber Vreni strafweise vor allen anderen Schülern unter der großen Tafel knien. Sie musste beim Knien beide Arme ausgestreckt nach vorne halten. Auf ihre Hände hatte er sein Strafstaberl gelegt. Vreni konnte die Hände nicht mehr ruhig halten. Sie zitterten. Das Staberl fiel zu Boden. Der Pfarrer hörte zu reden auf. Ich weiß nicht mehr, was die Vreni angestellt hatte. Mir war alles egal. Ich zeigte auf und bat den hochwürdigen Herrn Pfarrer, dass er mich für die Vreni knien ließ. Daraufhin musste ich mich auch hinknien, neben der Vreni. Wegen seiner enormen Leibesfülle bückte sich der Pfarrer stöhnend, hob das Strafstaberl auf und legte es auf meine ausgestreckten Hände. Er hatte keine Ahnung. Er wusste nicht, dass mir die Korber Vreni ein Lächeln schenkte, für das ich bis ans Ende meiner Tage knien würde.

Die dritte meiner »ewigen« Lieben passierte Jahre später. Sie endete ebenfalls in einem Debakel, ganz abgesehen davon, dass sie sehr einseitig war. Ich war dreizehn Jahre alt und blies zum Generalangriff auf die allerhöchst verehrte Kutter Mitzi. Das Fotografieren war gerade groß in Mode gekommen. Mit dem sich durchsetzenden Fernsehen breitete sich die Bilderwelt aus. Hochzeitsfotografen hatten Hochkonjunktur. Die Leute bebilderten mit Fotos ihren aufkommenden Wohlstand. Die Küchenkredenzen waren voll mit Ansichtskarten und Urlaubsbildern. Auf allen Nachtkästchen und Bürotischen standen gerahmte Porträtfotos. Illustrierte gingen ihrer Hochblüte entgegen. Auf den Titelseiten der Zeitungen dominierten bereits die großen Bilder als Eye-Catcher. Sie zeigten keine toten Dinge wie Häuser oder

Gegenstände. Menschen oder Tiere waren zu sehen, zumeist in Großaufnahme, weil die Profis schon herausgefunden hatten, dass Gesichtslandschaften emotional am stärksten ansprachen.

Papa hatte einen Fotoapparat gekauft. Der kommende Pfingstbesuch seines obersteirischen Bruders sollte festgehalten werden. Dafür hatte der Händler bereits einen Film in den Apparat eingelegt. Dieser gefüllte Fotoapparat sollte mein Trumpf in meinen Bemühungen um die Kutter Mitzi werden, in die ich schon eine Zeitlang ebenso unsterblich wie aussichtslos verliebt war.

Die Mitzi war Friseurlehrling und drei Jahre älter als ich. Das machte in unserem Alter schon einen großen Unterschied. Heute weiß ich besser als damals, dass ich in keiner Weise dem Beuteschema der Mitzi entsprach, die als Dorfschönheit schon über gewisse Erfahrungen verfügte. Das weiß ich, wie gesagt, heute. Damals war ich blind vor Liebe. Wann immer ich Geld hatte, ging ich zum Friseur. Da gehörte sie mir, denn wenn ich im Friseurstuhl saß, musste sie mit mir reden und konnte nicht wie sonst einfach weitergehen.

In Papas neuem Fotoapparat witterte ich meine Chance. Mit dem Versprechen, Fotos von ihr zu machen, lockte ich die Mitzi auf den Sportplatz. Dort war sie schnell so weit gefügig gemacht, dass sie mir erlaubte, den Arm um ihre Hüfte zu legen, während der Grebenhofer Adi fotografierte. »Nur einmal mit dir!«, befahl sie, auf den anderen Bildern müsse sie allein sein, die brauche sie für ihre Kunden. Ihre Lippen hatte die Mitzi grell geschminkt. Die aschblond gefärbten Haare trug sie hochtoupiert. Ihre rote Handtasche ließ sie lässig über ihren Bauch hängen. Sie war viel größer als ich. Zwölf Bilder hatte der Film, und für jedes Bild hob die Mitzi ihren Kopf und schaute einmal wehmütig, dann lächelnd, und manchmal auch mit Schmollmund in eine weite Ferne. Beim Bild mit mir an ihrer Seite blickte sie auf ihre Schuhe. Dieses Foto-shooting, das ich als Geheimwaffe für meine Eroberungsoffensive geplant hatte, passierte am Sonntag, eine Woche vor Pfingsten. Ich war glücklich über meinen Coup. Ich war überzeugt, eine Saat gelegt zu haben, die gar nicht anders konnte als aufzugehen. Gleich am Montag gab ich den Film im Fotogeschäft neben unserem Internat zur Entwicklung. Den leeren Fotoapparat hatte ich wieder an seinen Platz zurückgelegt. Papas Bruder kam zum Pfingstbesuch mit großer Apanage, Frau Tochter und Hund. Alle stellten und setzten sich in Pose, wenn Papa fotografierte. Der Fotoapparat war die Sensation dieser Pfingsten. Nur Fotos hat nie jemand gesehen.

Wie die Korber Vreni war auch die Kutter Mitzi länger aktuell. Zwei Jahre nach dem Fotoshooting, von dem ich mir mehr erwartet hätte, arbeitete sie immer noch im Friseurgeschäft. Ich betete sie nach wie vor an und erfuhr, als ich zu einem meiner vielen Friseurbesuche aufbrach, dass sie krank zu Hause geblieben war. Sofort eilte ich zum Krankenbesuch. Die Mitzi lag im Bett. Die Blumen, die ich ihr brachte, legte sie beiseite. Sie liebe Blumen, sagte sie, aber wenn ich ihr sieben Stück *La Favorite* brächte, würde ich das nicht bereuen. Sie würde mir dann was Schönes zeigen. Ich müsse mich aber beeilen, denn ihre Mutter käme bald nach Hause. *La Favorite* waren Zigaretten, die man damals einzeln kaufen konnte. Ich raste die hundert Meter zur Trafik und brachte ihr nicht sieben, sondern zehn *La Favorite*. Daraufhin zeigte mir die Kutter Mitzi was Schönes.

X.

Der Schnee schmilzt immer schneller

San Carlos de Bariloche liegt inmitten einer der schönsten Landschaften Argentiniens. Unzählige Seen, pittoreske Berggipfel und weite Wiesen sprenkeln die Landschaft um den Ort, in deren Hauptstraße man sich wie in unseren Alpen fühlt: Neben dem Haus Tyrol, *steht das* Hotel Allgäu, *wenige Meter weiter die* Pension Salzburg. *Die Namen dieser Häuser weisen auf die vielen deutschen und österreichischen Immigranten nach dem Zusammenbruch des Tausendjährigen Reiches in das »sichere« Argentinien hin. Zahlreiche deutsche Namen und Inschriften auf dem Friedhof bestätigen das. Auch auf dem Friedhof von Punta Arenas, tausende Kilometer südlich, im kalten Patagonien, den ich Wochen zuvor besucht hatte, ruhen viele Europäer. Die Österreicher und Deutschen sind dort allerdings in der Minderzahl. Es sind Kroaten, Balten, Russen, Tschechen, Serben. Bariloche und Punta Arenas besitzen Friedhöfe von globaler Dimension. Und die Gründe, warum keiner der hier Begrabenen auch hier geboren wurde, kennt man: die Rasse, die Ideologie, die Wirtschaft. Der Wunsch nach einem Leben in Sicherheit, Wohlstand und Würde. Mir schien, als sei der Gottesacker von Bariloche ein Friedhof von »Tätern«, und jener von Punta Arenas einer ihrer »Opfer«.*

Die Seilbahn, die mich auf den über 1.000 Meter hohen Cerro Otto transportiert, hat das Vorarlberger Unternehmen Doppelmayr gebaut. Oben auf der Bergstation quälen sich zwei körperlich sehr stark behinderte Menschen, ein Mann und eine Frau, beide im Alter von etwa vierzig Jahren, aus der öffentlichen Toilette. Ganz offensichtlich sind sie ein Paar. Beide sind klein, bei der Frau könnte man von Zwergenwuchs reden. Ihre Körper sind unnatürlich verbogen. Sie halten einander fest und bewegen sich mühsam, die Füße über den Boden schleifend, auf das Gitter der Aussichtsplattform zu. Als sie auf der Plattform neben mir zu stehen kommen, atmen sie hörbar auf. Wie im Triumph, eine große Leistung vollbracht zu haben, klammern sie sich aneinander und blicken über das Gitter hinaus zum Horizont, zu den vielen Seen um Bariloche, die wie blaugrüne Perlen in der Sonne glitzern. Plötzlich wenden sich die beiden mir zu. Ihre Gesichter strahlen. Und der Mann zeigt hinaus aufs Land und sagt: »Sind wir nicht glücklich, dass wir das sehen dürfen? Ist die Welt nicht schön?«

Wie jeden von uns interessieren auch mich die diversen Ausdrucksformen der »Menschen-Figuren«. Ich bin nur ein laienhafter »Verhaltensforscher«, aber ich habe Spaß daran, für mich Prototypen zu definieren. Prototypen für Gesichtslandschaften, für Körpersprachen, für Aktionen und Reaktionen, für situatives Verhalten. Ich kann mich in Menschen hineinträumen.

Das hat mir als Journalist bei den Hunderten von Interviews und Diskussionen, die ich führen durfte, sehr geholfen. Ich habe dabei viel gelernt. In der Kindheit haben mir Figuren wie Tom Sawyer, Till Eulenspiegel, Winnetou und Robinson Crusoe Werte metaphorisch vorgezeichnet. Im Gymnasium waren es Christopher Columbus, Vasco da Gama, David Livingstone, Marco Polo und Wilhelm von Humboldt. Heute sind es die realen Begegnungen mit realen Menschen. Das sind mir Ausgangspunkte für die Geschichten, die ich mir dann ausdenke. Das sind Quellen meiner Phantasie. Diese Phantasie hat mich schon als Kind zu unendlich vielen Mikroentscheidungen bewegt. Und jetzt spüre ich, wie sehr sich die tektonischen Platten unserer Phantasie verändern. Die analogen Bilder meiner Kindheit drohen an der digitalen Welt zu zerschellen. Die digitale Welt beschneidet meine Sinne. Ich bin nicht mehr im Ein-Klang.

Ein kurzer Blick auf die Uhrzeiger liefert ein Bild des Tages. Viele Dichter und Musiker ließen sich vom Bild der Uhr inspirieren. Welche Inspirationen wird es geben, wenn sterile Ziffern die Zeit digital anzeigen? Hätten Ziffern Joseph Haydn zu seiner Londoner Uhrensinfonie *oder Carl Loewe zu seinem Lied* Die Uhr *animiert? Die Sirene, die in meiner Heimatstadt am Samstagmittag statt der Glocken als Zeitangabe aus dem Rathausturm schrillt, animiert wahrscheinlich niemanden zu einem Gedicht, wie es Schiller mit der* Glocke *geschrieben hat. Die Uhr und die Glocke, das sind nur zwei Beispiele für Bilder zur Herausbildung identitätsstiftender Phantasie, die uns alle kulturell verbindet. Die Glocke ist akustisches Symbol unseres Abendlandes geworden. Friedrich Heer hat den Begriff »Glocken-Europa« geprägt.*

Vor Jahren begegnete ich auf einer Wanderung auf den Wilden Kaiser im tirolerischen Ellmau dem »Glockenpapst« Kurt Kramer. Sein ganzes Leben lang engagiert sich der Autor und Herausgeber zahlreicher Bücher auf internationaler Ebene für die Bewahrung von Glocken als einem wichtigen Kulturgut. Kurt Kramer hat mich zu intensiver Beschäftigung mit dem Glocken-Thema animiert. Mit großem Interesse habe ich sein Hauptwerk Klänge der Unendlichkeit *gelesen. Es ist, was sein Untertitel sagt:* Eine Reise durch die Kulturgeschichte der Glocke. *Die Menschen bemühen sich seit ihren Anfängen, »im Formen und Gießen von Glocken Natur und Kunst zusammenzuführen«, sagt Kramer, und weiter: »Die Natur stellt Lehm zum Formen und Bronze als Legierung von Kupfer und Zinn zum Gießen bereit. Der menschliche Geist trägt mit der Kunst des Glockenformens und Glockengießens das Seine dazu bei, Natur und Kunst in Ein-Klang zu bringen. Und dieser Ein-Klang wird im antiken Schöpfungs-Mythos noch klarer, wonach der Mensch aus Ton geschaffen wurde. «*

Der französische Philosoph Guy Debord spricht von uns als der Gesellschaft des Spektakels. *Ich habe das*

Gefühl, dass dieser Gesellschaft der Ein-Klang fehlt. Deshalb dreht sich das Ringelspiel immer schneller. Die zentrifugalen Kräfte werden immer stärker. Die Status-Balance geht verloren. Akademiker finden keine adäquaten Jobs, dafür fehlen Lehrlinge und Facharbeiter. In meinem Alltag begegne ich immer mehr Menschen, die nicht das sein wollen, was sie sind. Sie messen sich ständig an den Superlativen, die ihnen ein Fernsehen täglich serviert, in dem Fakten und Fiktionen ineinander übergehen. Das ist ein demokratiepolitischer Gefahrenherd. Er hat seine Auswirkung nicht nur vordergründig auf die modische Wahl der Kindervornamen und Hunderassen. Die Menschen verlieren ihr »soziales Kapital« und kompensieren das mit besonderer Schrillheit.

Jede noch so provinzielle Siedlung hat ihre »Herde« der sogenannten »Schickis« aller intellektuellen Abstufungen. Mit dem vermeintlichen Verlust des »sozialen Kapitals« geht der Verlust von Urvertrauen und Phantasie einher. Die Finanz-Schickeria gibt sich dem Trugschluss hin, mit Autos, Modelabels und Bussi-Bussi-Ritualen ihre entglittene Persönlichkeit aufwerten zu können. Haben *wird mit* Sein *verwechselt, und* Sein *mit* Schein.

Die Demokratie verwelkt an ihren Rändern, oben und unten. Die Gleichgültigkeit der Zivilgesellschaft ist eine große Gefahr. Die Finanz-Schickeria presst sich wie eine frierende Pinguinherde in den »Aufwer-

tungszentren« Kitzbühel und Wörthersee zusammen, die Männer mit aufgestelltem Polokragen, die Frauen mit Windhund an der Leine. Das ist die digitale Zustimmungsblase – auf analog heruntergebrochen. Man kann via Seitenblicke das Prinzip belächeln: Intelligenz beobachtet und fragt, Dummheit lässt beobachten und antwortet. Dummheit ist auch eine Begabung.

Dazu kommt der Rückzug aus den öffentlichen Orten. Die Menschen fliehen materiell ins Private. Spirituell verlassen sie die analoge Welt und ziehen sich in die digitalen Orte zurück, dorthin, wo sie sich nicht hinterfragen lassen müssen, in »Blasen«, wo sie nur Zustimmung finden. Die neuen Welten, die die Digital-Genies Steve Jobs, Jeff Bezos, Mark Zuckerberg, Bill Gates, Jack Ma und andere eröffnet haben, sind zum Geschäftsprinzip geworden. Kein Politiker dieser Welt hat noch Macht über sie. Die digitalen Kaiser sind zur Kaste der Unberührbaren geworden.

So wie es derzeit aussieht, gehen wir auf den Wegen einer neuen Bewusstseinsindustrie eher einer diktatorischen Verengung dieser Welt entgegen. Ich muss sagen, dass in meiner Lebensphase, in der es immerhin den Zusammenbruch des Kommunismus und den Arabischen Frühling gegeben hat, es trotzdem nicht die politischen Staatenlenker waren, die die Welt am stärksten verändert haben. Die oben genannten Digital-Unternehmer haben eine Zäsur bewirkt, die die Welt stärker *verändert, als es Gutenberg getan hat. »Kein menschliches Wesen darf anderen als bloßes Mittel zum Zweck dienen«, hat Immanuel Kant gefordert. Wie es aussieht, lassen wir dummen Konsumenten uns von den digitalen Magnaten aber derzeit in einer Weise benutzen, die unserem eigenen Wohl zuwiderläuft.*

Thomas L. Friedman spricht in seinem Weltbestseller Die Welt ist flach *von der Einebnung unserer Welt als Resultat der Globalisierung. Er nennt drei Globalisierungsstufen: Im ersten Abschnitt ab 1492, als Columbus in See stach, drehte sich alles »um Länder und rohe Kraft«. Hauptantrieb für die Veränderungen waren die physische Kraft der Länder, waren »die Muskeln, die Pferdestärken, die Windkraft und später die Dampfkraft«. Die zweite Phase der Globalisierung setzt Friedman in der Zeit zwischen 1800 und 2000 an. In dieser Phase wurde die wirtschaftliche Integration von den multinationalen Unternehmen bestimmt. Die dritte Phase setzt Friedman ab dem Jahr 2000. Sie wird von den oben genannten Individuen bestimmt, »die über völlig neue Möglichkeiten verfügen, auf globaler Bühne zu kooperieren und zu konkurrieren«. Die Welt »schrumpft von einem kleinen zu einem winzigen Gebilde«. Der menschliche Kontakt wird immer wichtiger, man muss sich bemühen, »in jenen Bereichen, in denen menschlicher Kontakt unablässig ist, besonders gut zu sein, weil alles, was sich digitalisieren lässt, ganz einfach zum geschicktesten und billigsten Anbieter ausgelagert« werden könne.*

Die neuen Herren haben schon gezeigt, dass sie Informationen sperren oder forcieren können. Wir tappen willenlos in ihre aufgestellten Fallen der globalen Kommunikations-Lockvögel. Begeistert greifen wir zu den Schaufeln unseres eigenen Grabs. In Facebook, Twitter und Instagram betätigen und bestätigen wir uns täglich, wir sind Journalisten, Kommentatoren, Experten und Scharfrichter. Wir denken, dass wir mithilfe von Wikipedia alles wissen und mächtiger geworden sind. In Wirklichkeit fehlen uns Bezüge, Zusammenhänge und Relationen. Das Resultat sind Geschichts- und Kulturverlust. So kreisen wir hektisch wie die Motten um diese neuen Feuerstellen und verbrennen. Wieder einmal muss ich festhalten: Es fehlt der Ein-Klang. Unbehaust warten wir auf Godot.

Ich habe das Gefühl, dass Goethes Faust *aktueller ist denn je. Die mephistophelischen Möglichkeiten der sozialen Medien ermöglichen uns ein bequemes Leben auf Kosten von Moral, Freiheit und Selbstbestimmung. Eines Tages kommt die Abrechnung. Wir werden dafür zu zahlen haben. Die Gretchenfrage wird kommen. Der sensible Umgang mit den Informations-Medien ist lebenswichtig. Sie sind die elementaren Bausteine unseres Zusammenlebens, unserer Demokratie.*

Das kann man als die dystopischen Wehklagen eines hilflosen alten Mannes abtun, der mit den klaren demokratischen Kompetenzen des einigermaßen kompetenten und geregelten Informationsaustausches auf-

gewachsen ist und der selbst daran mitgewirkt hat. Ich habe im ersten Drittel meines Lebens Zeitungen gelesen und Radio gehört. Im zweiten Drittel meines Lebens habe ich Zeitungen, Radio und Fernsehen nicht nur konsumiert, sondern auch produziert. Ständig habe ich mich über Manipulationen, Subjektivitäten und andere Missstände geärgert. Letztlich habe ich aber doch der Auswahl, den Gewichtungen und Relativierungen der Journalisten vertraut, weil ich für mein Leben doch eine gewisse Kompetenz zur Informationsaufnahme und -bewertung entwickelt habe.

Jetzt, im dritten Drittel meines Lebens, benutze ich natürlich auch Internet, Laptop, Handy, Netflix und DAZN. Ich schreibe E-Mails. Und ich staune darüber, dass mittlerweile eine Zeit gekommen ist, in der wir uns aufgrund der Algorithmen sogar »nach vorne erinnern« können. Wir berechnen unsere Zukunft ziemlich genau nach Erfahrungen über unsere Vergangenheit.

Jeder Mensch hat im Kopf seine Lebensbibliothek, die er ständig erweitert. Er nimmt neue Bücher auf und stößt alte ab. Am liebsten nimmt er jene Bücher auf, die sich in die vorhandenen gut einreihen lassen, die zu seinen Überzeugungen passen. Man hört am liebsten das, was man kennt. Das Fremde ist fremd, weil man es nicht kennt, und es bedarf der Neugier und geistiger Arbeit, es sich vertraut zu machen.

Die Bibliothek meines Lebens ist vom Aufwachsen auf dem Land geprägt. Deshalb werde ich wie jeder Mensch auf dieser Welt nie objektiv sein können. Immer wird mein Interesse für Erlebtes größer sein als für Erlerntes. Objektivität ist nur ein Annäherungswert. Der Österreicher gibt dem Skifahren mehr Gewicht, der Neuseeländer dem America's Cup, der Ami dem Rodeo. Die Bewohner des absolut trockenen Alice Spings in der Mitte Australiens konterkarieren meine Hypothese allerdings ziemlich schräg mit ihrer »Henley-on-Todd-Regatta«, bei der sie mit Booten durch die Wüste rennen. Ich schlage ein Kamelrennen im Schnee der »Streif« von Kitzbühel vor.

Damit bin ich wieder auf sicherem analogem Boden und lese in der Zeitung, dass der Schnee immer schneller schmilzt. Im Durchschnitt ist Österreich heute vierzig Tage kürzer mit Schnee bedeckt als vor sechzig Jahren. Das ergab eine Studie der Zentralanstalt für Meteorologie. Danach schneit es im Herbst später und der Schnee geht früher wieder weg. Ist auch deshalb klar, weil heute die Wege, auf denen wir Kinder Schlitten fuhren, asphaltiert sind. Und die leeren Straßen, auf denen ich mit meinem Fahrrad fuhr, gibt es auch nicht mehr.

Was im Winter der Schlitten, war mir im Sommer das Rad. Mama hatte das Rad in die Ehe mitgebracht. Es war ein schweres, natürlich gangloses Damenfahrrad der Marke Wanderer. Ich liebte dieses Rad und fand mich in Thomas Bernhards biografischer Kindheitsgeschichte wieder, in der er erzählt, wie er in seiner ers-

ten längeren Ausfahrt mit einem Steyr-Waffenrad die 36 Kilometer entfernte Tante Fanny besuchte. Auch ich besuchte mit meinem Rad die Tante, die auch Fanni hieß – ohne Ypsilon am Schluss allerdings – und auch dreißig Kilometer entfernt lebte. Mein Rad hatte jedoch keine Stange, durch die ich mit dem Fuß aufs andere Pedal treten musste. Mein Rad war meine große Liebe, und um ihm das zu beweisen, kaufte ich eines Tages Farbe und strich das Rad von oben bis unten knallrot an. Alles, worauf die Farbe haften blieb, färbte ich rot. Unsere Arbeiter lachten mich aus, aber Mama verzieh mir schnell. Das Rad wurde mein »unique selling point«, mein Alleinstellungsmerkmal. Alle im Dorf wussten, dass es zu mir gehörte. Viele Jahre später sah ich im New Yorker MoMA fast genau das gleiche Damenrad in fast genau der gleichen roten Farbe als Kunstwerk ausgestellt.

Das Fahrrad, der Schlitten und für die vereisten Winterteiche die Schlittschuhe, die wir »Schraubendampfer« nannten, weil sie an die Schuhe geschraubt werden mussten – herrliche Ingredienzien meiner schönen Kindheit, in der allerdings der Fußball als alle körperlichen Aktivitäten überwucherndes Hobby bald die absolute Oberhand gewinnen sollte.

»You never walk alone«

An einem Ehrenplatz in meiner Wohnung hängt das Schwarz-Weiß-Foto von der Markterhebungsfeier meines Dorfes. Ganz vorne stehe ich mit meinem Bruder, neben mir die Luttenbauer Leni und die Perner Resi. Die Leni hält statt einer Handtasche irgendetwas in Händen, so vom Taschentuch eingehüllt, dass es wie ein umgedrehter Pilz aussieht. Ich trage Festtagskleidung: eine lederne Knickerbocker und eine blaue Weste über dem Hemd. Ich bin zehn Jahre alt. Hinter mir stehen die schon etwas älteren Dorfmädchen, weiter hinten im Foto, wo man nur noch die Hüte der älteren Männer erkennen kann, ragt der des Onkel Karli heraus. Die Mädchen schauen nach vorne zum Fotografen. Alle lächeln und schmunzeln. Man merkt ihren Gesichtern an, dass sie ihre halbe Aufmerksamkeit der in ihrer Mitte stehenden Gangl Erna widmen, die das Festgeschehen ganz eindeutig schnippisch kommentiert, so wie es ihre Art war. Hübsch sind sie, unsere Dorfmädchen, fröhlich und »aufgewichst«, wie wir sagten, wenn wir »herausgeputzt« meinten.

In der Zeit rund um die Markterhebungsfeier wurde unser Fußballverein gegründet. Seit damals bin ich Fußballfan. »Die Schönheit strebt zur Kugelgestalt«, schreibt die spanische Philosophin Maria Zambrano in ihren *Waldlichtungen*. Der Ball ist eine Kugel. Der Ball ist rund, er bringt alles ins Rollen, und ich verliebte mich in diesen Ball. Es wurde eine lebenslange Liebe. Eine paradoxe Liebe, denn sie wurde glücklich, obwohl sie nie erwidert wurde. Die von all dem unbeeindruckte Marktlinde, die zur Markterhebungsfeier gepflanzt wurde, ist in den 65 Jahren bis heute über sechzehn Meter hoch geworden. Ich bin seit damals nur einen Meter achtzig in die Höhe gewachsen, also nur ein Zehntel unserer Linde. Mein Leibesumfang ist etwas größer als der des Baumstamms, der bei einem halben Meter liegt. Im Durchmesser sind wir einander gleich. Obwohl ich ein großer Esser bin, bin ich verhältnismäßig schlank geblieben, und das verdanke ich sicher den vielen Jahren, die ich in einigen Hundert Meisterschafts- und Freundschaftsspielen dem Fußball nachgerannt bin. Mehr als dreißig Jahre lang habe ich ebenso leidenschaftlich wie ungeschickt Fußball gespielt, fünfzehn Jahre davon für den Klub meines Dorfes.

Wenn ich hier dem Fußball mein Schlusskapitel widme, dann möchte ich damit die Bedeutung dieses Hobbys für die Landjugend insgesamt unterstreichen. Es gab ja sonst nichts, und es war eine wunderschöne Phase meines Lebens. Nicht weil wir so erfolgreich gewesen wären, nein, das waren wir überhaupt nicht. Wir, meine Mitspieler und ich, lernten und lebten den Wert von Gemeinschaft und Gemeinsamkeit. Wir erlebten Hochs und Tiefs, wir lernten, wie wichtig Ziele sind. Jeder von uns bekam das Gefühl für seine Stärken und Schwächen und dafür, wann man vorangehen und wann man sich zurücknehmen muss. Wir lernten das, was man später als soziale Kompetenz definierte. Und obwohl wir als Fußballer keine Bäume ausrissen, hatten wir unendlich viel mehr Spaß als Ärger. Unsere Freundschaften halten heute noch. Glauben Sie mir, wenn ich Ihnen sage, dass ich an meine Freunde von damals denke, wenn ich vor einem Spiel der Dortmunder Borussen oder des Liverpooler FC jenes Lied höre, dessen Text der schönste Mutmacher ist, den ich kenne. Mich erinnert es an meine erste Begegnung mit dem *Steigerlied* in Fohnsdorf. Es überrascht mich nicht, dass dieses Lied die Hymne von Schalke 04 ist, des großen Dortmunder Rivalen aus der Knappenstadt Gelsenkirchen. Was die wenigsten wissen: Die berühmteste Fußballhymne der Welt, *You never walk alone*, entstammt dem Musical *Carousel* von Richard Rodgers und Oscar Hammerstein, das 1945 in New York uraufgeführt wurde:

»When you walk through a storm
hold your head up high.
And don't be afraid of the dark …«

Alles, was den Charme des Fußballs ausmacht, liegt in diesem Lied. Man sollte es Leuten vorspielen, die sich witzig vorkommen, wenn sie keck und Beifall heischend in Runden fragen, was am Fußball zu finden sei, »wenn 22 Leute blödsinnig einem Ball nachrennen«. Das ist eine Frage, die man abgewandelt zu jedem Sport, zu jedem Hobby, eigentlich zu jedem Engagement für irgendwas stellen kann. Man kann den Bergsteiger fragen, welchen Sinn es hat, sich der Lebensgefahr auszusetzen und in steile Wände ein- und auf Gipfel hochzusteigen. Den gewöhnlichen Jogger und den Marathonläufer kann man kritisch hinterfragen, den Briefmarkensammler und den Sammler von Ansichtskarten. Man kann auch fragen, welchen Sinn der Eiffelturm hat, das Atomium oder auch eine Betätigung wie das Drachensteigen. Es gibt viele Antworten darauf. Ich behalte meine Antworten für mich, aber auf der Rückseite meiner Harley-Jacke habe ich den Spruch eingenäht: »If I have to declare, you will not understand!«

Für den, der sich mit Fußball beschäftigt und dieses Mannschaftsspiel ein bisschen versteht, ist Fußball der Inbegriff der Ambivalenz unseres Lebens. Fußball ist Parabel, Metapher, Synonym für den Raum zwischen Himmel und Erde, für das Leben zwischen Geburt und Tod, für Ying und Yang, für Schwarz und Weiß, für Individuum und Kollektiv, für Glück und Unglück, für Niederlage und Sieg.

Fußball ist der Inbegriff von Kapitalismus, es kommt darauf an, dem Gegner möglichst viele Tore zu schießen und möglichst wenige zu bekommen, flinker, cleverer und manchmal sogar unlauterer als der Gegner zu sein. Die brutalere amerikanische Version des Football betont ganz augenscheinlich das darwinistische Element dieses Spiels. Der Stärkere überlebt. Wenn Fußball, wie oben gesagt, den Inbegriff der Ambivalenz verkörpert, dann liegt sein Reiz in der sich daraus ergebenden steten Arbeit an der Balance. An der Balance zwischen Offensive und Defensive, zwischen individuellem Genie und kollektivem Arbeiter. Da zeigt der Fußball übrigens die enormen Probleme auf, die die lähmende Kraft der Mehrheit des Durchschnitts mit dem Künstler hat. Das Nicht-Verstehen ist mehrheitsimmanent. Fußball kann Vergnügen sein, Unterhaltung und Ärger – auf jeden Fall kann es süchtig machen. Wie stark einen dieser Sport in seinen Bann ziehen kann, hat der große englische Schriftsteller Nick Hornby erkannt, wenn er schreibt: »Ein Mann wechselt seine Frau, niemals aber seinen Klub!«

Am 1. Oktober 1958 deklassierte der Wiener Sport-Club im Rückspiel des Europacups Juventus Turin mit 7:0. Das war mehr als sensationell, zumal der Sport-Club das Hinspiel mit 1:3 verloren hatte. Ich besuchte mit dreißig Buben die dritte Klasse des Gymnasiums in Graz und wir alle wohnten im Internat. In sämtliche meiner Kleidungsstücke hatte Mama ordnungsgemäß meine Heimnummer

37 eingenäht, so sollten Verwechslungen vermieden werden. Wir saßen und lagen rund um das riesige Radiogerät, das uns der Präfekt als Belohnung in den Schlafsaal gestellt hatte, weil wir die 4b in der Heimmeisterschaft 3:1 geschlagen hatten. Zeschonig Herbert hatte alle unsere Tore geschossen, ich war wieder nur Ersatz gewesen.

Heute noch weiß ich die Aufstellung des Wiener Sport-Clubs: Rudolf Szanwald im Tor, Erich Hasenkopf, Heinrich Büllwatsch und Alois Jaroš in der Verteidigung, Rudolf Oslansky, Leopold Barschandt im Mittelfeld, und der Sturm mit dem Flankengott Walter Horak, mit Adolf Knoll, dem langen Goalgetter Josef Hamerl, dem trickreichen Karl Skerlan und dem genialen Erich Hof als Hirn der Mannschaft, der an diesem glorreichen Abend zwei Tore selbst machte. Vier Tore schoss Hamerl und ein Tor kam von Skerlan. Trainer der Wiener war Johann Pesser. Schiedsrichter der Begegnung war der Schweizer Paul Wyssling.

Meine Klasse war fußballverrückt. Wir alle kannten (und die von uns, die noch leben, kennen vermutlich heute noch) die Daten jedes denkwürdigen Spiels, so wie wir alle Hauptstädte der Welt wussten, weil unter uns damals das Hauptstadt- oder Fußballquiz grassierte. Die Fußballdaten der Wochenendspiele, die Mannschaftsaufstellungen, die Tabellenstände des In- und Auslands konnte jeder von uns im Schlaf aufsagen. Jeder in der Klasse konnte dem vielbewunderten einarmigen TV-Sportmoderator Kurt Jeschko das Wasser reichen, wenn er alle Ergebnisse auswendig wusste.

Sie können mich für doof halten – macht mir nichts. Ich bin stolz darauf, dass ich die Namen aller großen Fußballstars kenne. Ich weiß im Schlaf ihr Alter, ihre Spielposition, ihre Karrierestationen, Marktwerte, Erfolge, Misserfolge. Ich kann alles Wichtige und Unwichtige zu den großen Klubs hersagen. Alles wusste ich, aber das reichte nicht, um mir den allergrößten Wunsch meiner Jugendjahre zu erfüllen: dass ich aus meinem Umfeld als Fußballstar herausragte.

Die Klasse liebte mich, wenn ich zur Weihnachtszeit Theaterstücke schrieb, die wir den Professoren vorspielten, um eine Stunde lang dem faden Unterricht zu entgehen. Sie standen hinter mir, wenn ich als Klassensprecher irgendwelche Interessen vertrat. Es gehört aber zur »Tragik« meines Gymnasiallebens, dass ich es nicht einmal in die A-Fußballmannschaft meiner Klasse geschafft habe.

Nicht nur einmal habe ich unsere besten Spieler, die was zu sagen hatten, bestochen, damit sie mich zumindest für Minuteneinsätze berücksichtigten, wenn Not am Mann war. Niemand auf der Welt kann nachvollziehen, wie peinlich es beim Zusammenstellen der beiden Mannschaften war, wenn ich bis zuletzt allein stehenblieb, weil mich keiner in seinem Team haben wollte. Alle anderen vor mir waren schon »gewählt« worden. Als ich schließlich an der Reihe war, wurde ich mehr in Kauf genommen als gewählt. Ich war keine Verstärkung, weder für die Handball- noch für die Völkerball-, geschweige denn für die Fußballmannschaft. Und weil ich so leidenschaftlich gerne gut gewesen wäre, machte ich alles noch schlechter, weil ich mich um jeden Ball riss. Ungeschickt wie ein Welpe stolperte ich nach Anerkennung hechelnd über den Platz. Dadurch geriet mir alles noch spektakulärer daneben als den anderen, die sich ihren Talenten gemäß verhielten. Jede Führungskraft weiß, dass die eigentliche Malaise in einer Firma nicht von den Dummen, sondern von den leidenschaftlichen Dummen ausgeht.

Ich darf sagen, dass ich grosso modo ein ganz cleverer Jüngling war. Ich habe immer recht schnell kapiert. Rund um den Fußball aber haben bei mir alle geistigen und körperlichen Analysen, Indikatoren und Kriterien ausgesetzt. Es hat viele Jahre gedauert, bis ich mich damit abgefunden habe, dass ich – eigentlich für alle Sportarten – zu ungeschickt, zu untalentiert und zu langsam war. Für die Mannschaft unseres Dorfes hat es gereicht. Ich wurde zwar manchmal auch in die Reserve versetzt; der Umstand, dass Papa Präsident unseres Vereins war, mag mir aber durchaus geholfen haben.

Seit Langem bin ich Passivsportler. Ich lasse mir kaum ein wichtiges Spiel entgehen, und ich stimme nicht in das Gejammer vieler ein, die bedauern, dass »es nur noch um Geld« ginge. Ja natürlich, sage ich da, natürlich geht's ums Geld! Natürlich regieren den Fußball heute Scheichs, Sponsorkonzerne, TV-Einschaltziffern und Sportrechte! Natürlich sind nur noch die Fans lokal-authentisch und mit heißen Herzen dabei. Die großen Mannschaften setzen sich aus nomadisierenden Söldnern zusammen, die ohne jeden gewachsenen Bezug zum Verein für viel Geld kicken. Na und, sage ich dann. Das ist halt so, wie die Zeit ist.

Fußball ist ein gigantisches globales Unterhaltungsunternehmen, adäquat der heutigen raschlebigen medialen und überreizten Gesellschaft. Es gibt wenige Events auf dieser Welt, die eine so einheitliche kulturelle und stimmungsmäßige Grundharmonie erzeugen, selbst wenn es zu Auseinandersetzungen kommt.

Mehr denn je bin ich heute der Meinung, dass die Politik den »kompensatorischen« Wert des Vereinsfußballs für den Ausgleich in unserer Gesellschaft nicht ausreichend würdigt. Wer einmal in der Londoner U-Bahn zu einem Spiel von Millwall gefahren ist, wer einmal in den französischen Banlieues, in Neapels oder Istanbuls Stadien die Fans begutachtet hat, der weiß, welch explosives Potenzial der

Fußball aufsaugt und ruhig stellt. Wer durch Manchester, Sheffield, Gelsenkirchen oder Donezk geht, kriegt eine Ahnung davon, welchen Selbstwert der Fußball den wirtschaftlich und kulturell trostlosesten Regionen vermittelt: »You never walk alone …«

Fußballspieler sind nicht nur Vorbilder für die blödesten Frisuren und Tätowierungen. Sie stehen für Toleranz und Emanzipation. Sie stehen gegen Rassismus, nicht nur weil in den Mannschaften alle Rassen und Farben an einem Strang ziehen, sondern weil sie auch, mit kollektiver Unterstützung von Aktionen wie *Black Lives Matter* oder *Me Too,* aktiv Unrecht anprangern.

Wenn es um Fußball geht, komme ich ins Plappern. Im Kaffeehaus treffe ich täglich meine »Expertenrunde«. Wir wissen alles. Uns ist klar, warum man verliert, wir kennen alle Ursachen eines Erfolgslaufs. Unsere Urteile kommen schnell und sehr apodiktisch. Wir sind Gynäkologen, die denken, dass sie alles über die Liebe wissen. Wir genießen unser Fan-Dasein im Wissen, dass die Fußballwelt genauso ist, wie wir sie uns vorstellen. Wenn nicht, ist das auch egal. Wir können – selten zwar – unrecht haben. Wir können auch Wetten verlieren. Wir können aber nie zur Verantwortung gezogen werden.

Die österreichische Geografie bekam ich neben der Schule beim DKT-Spielen mit. Die russische und die amerikanische lernte ich durch die Schlagzeilen des Kalten Krieges kennen. Die britische Landkarte kenne ich am besten, die habe ich mir über die Klubs der Premier League einverleibt. Daraus erwuchs schon sehr früh das Interesse für alles, was von der Insel kam. Bald wurde ich Kenner und Liebhaber des britischen *Way of Life*. Für mich war es ganz logisch, Anglistik zu studieren. So logisch, wie es für mich ist, jedes Jahr im Londoner Hotel Ritz, am Piccadilly, vor Weihnachten den »High Tea« zu nehmen, im Herbst Musicals zu besuchen und im Sommer mehrtägige Wanderungen im Lake District oder in den Yorkshire Dales zu machen. Am Anfang von allem aber stand die Faszination für den englischen Fußball. Die »Canaries« des FC Norwich City leben hoch!

Der Fußball hat in meinem Leben ziemlich skurrile Wegmarken gesetzt. Denken Sie bitte nicht, ich wäre ein unmenschlicher Egoist, wenn ich Ihnen zeige, welche Rolle der Fußball sogar rund um die Geburt meiner beiden großartigen Kinder gespielt hat: Es war in Kärnten, wir waren bei der Schwiegermutter zu Besuch. Nachdem ich als junger Ehemann meine Frau in aller Frühe wegen starker Geburtswehen zur Hebamme gebracht und mich mit deren Mann auf eine lange Wartezeit und viel Schnaps eingestellt hatte, riet mir die Hebamme nach Stunden, an die Luft zu gehen und nicht vor dem Abend zurückzukommen. Die Wehen hatten sich beruhigt. Damals war es für die werdenden Väter unüblich, der Geburt beizuwohnen. Die Hebamme befürchtete möglicherweise auch unseren Absturz ins alkoholische Nirwana. Ich fuhr also weg. Es war der erste Adventsonntag. Während ich in Klagenfurt zuschaute, wie Austria Klagenfurt gegen Rapid 0:1 verlor, kam mein gesunder Sohn auf die Welt. Die Geburt meiner Tochter versäumte ich fünf Jahre später in Linz, weil ich als Spieler einer Journalistenmannschaft an einem Turnier teilnahm. Der Arzt meiner Frau hatte mich dazu an deren Spitalswochenbett überreden müssen, da, wie er unablässig betonte, »in den nächsten vierundzwanzig Stunden mit Sicherheit nichts passieren« würde.

Es wird Sie nicht überraschen, wenn ich ergänze, dass selbst meine Hochzeit zuvor im Zeichen des Fußballs stand: Wir haben am 30. Juli 1966 exakt zu dem Zeitpunkt geheiratet, als Geoff Hurst vor 93.000 Zuschauern das *Wembley-Tor*, das berühmteste und umstrittenste Tor der Fußballgeschichte, zum 4:2-Sieg der Engländer schoss. Natürlich könnte ich Ihnen auch hier die Aufstellungen beider Mannschaften aufzählen – an dieser Stelle halte ich es aber für angebrachter, wieder einmal Nick Hornby mit seinem etwas abgewandelten Grundsatz zu zitieren: »Was nützt es dir, das Datum deines Hochzeitstages zu wissen, wenn du nicht weißt, wer im WM-Finale 1966 rechter Außendecker der Engländer war!« Es war Bobby Moore. Er war damals der Kapitän der

Nationalmannschaft, 25 Jahre alt und Spieler jenes Londoner Vereins, der zwar im Osten der Stadt beheimatet ist, aber »West Ham United« heißt.

Als Fan habe ich mehrere Klubs, denen meine Sympathie gilt. Das sind neben Bayern München Norwich City und Real Madrid. Mein absoluter Herzensklub aber ist der GAK, der Grazer Athletiksport Klub, für den ich jahrzehntelang als Vorstandsmitglied arbeiten durfte.

Meine Liebe zum GAK entstand in der Internatszeit. Die Erziehung im Internat war streng, aber wenn der GAK im naheliegenden Stadion an der Mur spielte, immer an den Samstagnachmittagen, bekamen wir die Erlaubnis, das Spiel zu besuchen. Natürlich sammelte ich auch Autogramme, und mein allererstes bekam ich am GAK-Platz vom damaligen Torhüter von Wacker Wien, Julius Ondreiska.

Das Stadion war fast immer ausverkauft, damals stand der Alkoholgenuss auf dem Fußballplatz noch einigermaßen hoch im Kurs. Jeder kannte den kleinen Eisverkäufer mit seiner Werbeparole: »Jeder Lutscher ein Treffer!« Er war ein Faktotum, das alle »Zatopek« nannten. Er gehörte zum GAK-Platz wie der Rasen. Wenn seine Tragtasche leerverkauft war, raste er zur Nachfüllung wie der Olympiasieger Emil Zátopek unter dem tosenden Applaus der Zuschauer die Laufbahn entlang. Fünfzig Groschen hat der Wasserlutscher mit Obstgeschmack gekostet, einen

Schilling der Vanilleeislutscher mit teilweiser Schokoglasur. Das Eis durfte nicht schmelzen.

Es gibt noch viele Situationen in meinem Leben, die der Fußball markierte: Ein schwerer Unfall meiner zweiten Frau während des sensationellen 7:1-Sieges der Deutschen über Brasilien ist mir besonders im Gedächtnis, aber auch ein sehr nettes Treffen mit Alex Ferguson und Edwin van der Sar in Amsterdam, der Besuch zweier Champions-League-Finali in Istanbul und Mailand, eine Nacht des Würfelspiels mit einem österreichischen Nationaltormann bei Arsenal in London, das Stadion in Norwich, wo ich als Au-Pair-Student zum ersten Mal die Beatles gehört habe, und das war mir ein musikalisches Erweckungserlebnis: »A Hard Days Night!«

Aber ich will wieder nach Hause kommen, in mein Dorf, denn dort wurde ich, wie gesagt, mit Fußball infiziert.

Als wir ein Jahr nach der Markterhebung unseren Klub gründeten, waren wir hintennach. Fast alle unserer Nachbarorte hatten schon Klubs, viele von ihnen spielten sogar schon in den Klassen-Meisterschaften mit. Jeden Montag stürzte ich mich auf die Zeitung, um die vielen Tabellen des In- und Auslands zu studieren. An den Tabellen konnte und kann man überall in der Welt die Wirtschaftskraft der Regionen ablesen. Bei uns dominierten damals von der Landesliga bis hinauf zur höchsten Spielklasse die Klubs der obersteirischen Industrieregion. Daran konnte man erkennen, wie sehr der Norden dem Süden voraus war. Im Norden waren damals das Geld, die Strukturen und die Organisationen beheimatet. Mannschaften dominierten, die man heute nicht einmal vom Hörensagen mehr kennt: Phönix Hönigsberg, WSV Fohnsdorf, WSV Eisenerz, Bruck, Donawitz, Kindberg, Veitsch, die Knittelfelder und Judenburger Klubs. Das waren die sportlichen Visitenkarten der blühenden Mur-Mürz-Furche. In dieser Region gab es auch zahlreiche andere Klubs mit den Sportarten Feldhandball, Leichtathletik, Faustball und Volleyball. Der Süden war sportlich schmalbrüstig. An den Fußballtabellen erkennt man die ökonomischen Verlagerungen und Veränderungen.

Vielen fällt nicht auf, welche Massen sich heute an den Wochenenden bei uns und überall auf der Welt in Bewegung setzen, wenn die Klubs der kleineren Dörfer mit ihren Fans zu Auswärtsspielen reisen. Diese »Völkerwanderung« wirft ein Schlaglicht auf die sozialen und gesundheitspolitischen Aspekte des »kleinen« Fußballs abseits der großen Stadien. Zu meiner Jugendzeit war das besonders wichtig, da es für junge Menschen auf dem Land neben der Schule nur das Bundesheer als sozialen und sportlichen Faktor gab. Aber sie waren wie Feuerwehr und Blasmusik sehr männlich dominiert, einzig die Landjugend stand auch den Mädchen offen. Ich bin heute noch bereit, lauthals Loblieder auf die kulturellen und pädagogischen Verdienste der Landjugend, der Musikvereine und der Feuerwehren zu singen.

Unser Sportverein war nur für die männliche Jugend ein Angebot. Für die Mädchen gab es nichts. Sie durften und mussten sich auf die Rolle der bewunderten und bewundernden Fans zurückziehen. Die gesamte männliche Dorfjugend, von den Buben wie mir bis hinauf zu den berufstätigen Burschen, arbeitete zusammen am Bau des Sportplatzes und der Mannschaftshütte; das alles innerhalb eines großen Holzzaunes als Sichtschutz gegen zahlungsunwillige »Schwarz-Schauer«. Wir begannen unsere Teilnahme an der Meisterschaft in der untersten Klasse. Ich war von Anfang an dabei, und ich habe schon betont, wie glücklich mich die insgesamt fast 17 Jahre machten, die ich mit meinen Freunden, dem Gregoritsch Ewald, dem Url Werner, dem Rothschedl Fredi oder dem Girtler Bubi, für unseren Klub spielen durfte. Nicht zu vergessen mein Bruder, der viele Jahre lang unser hochtalentierter Tormann war. Die gesamte Mannschaft müsste ich aufzählen. Sie haben mich durch eine herrliche Phase meines Lebens begleitet.

In der ersten Wochenhälfte beredeten wir das letzte Sonntagsspiel, ab der Wochenmitte das nächste. An den Sonntagen blickte ich aus Angst vor einer durch Regen bedingten Spielabsage das erste Mal schon im Morgengrauen aus dem Fenster, um das Wolkenbild am Himmel einzuschätzen. Am Nachmittag gab es das Spiel, auswärts oder daheim, vor etwa 150 Zuschauern, die ihre Schnitzelsemmel in den Mund steckten, um klatschen zu können. Und egal ob wir siegten oder verloren, ob wir verletzt waren oder heil, geduscht oder ungeduscht, danach tanzten wir im Ortsgasthaus eng umschlungen mit den Mädchen. Wir waren glücklich, und Ted Herold stöhnte aus dem Wurlitzer: »Moonlight, die Nacht ist schön, u hu hu hu …«

Auf große sportliche Erfolge kann ich für unsere Mannschaft nicht verweisen. Aber wir haben viel Spaß gehabt, und ich muss manchmal schwören, dass ich nicht lüge, wenn ich etwa die Geschichte der »Misswahl« erzähle.

Es war einer unserer seltenen Siegessonntage. Nach einem äußerst ungewöhnlich hohen Auswärtssieg waren wir auf der Heimfahrt wenige Kilometer vor unserem Dorf. Unsere Stimmung war überaus gut, als viele parkende Autos vor dem großen Gasthaus »Saßtalerhof« darauf hinwiesen, dass in einer Stunde hier die Wahl zur »Miss Saßtal« beginnen sollte.

Wer von uns die Idee zur größten Harlekinade unserer Fußballzeit hatte, weiß ich heute nicht mehr.

Einige von uns fuhren jedenfalls mit Udo, unserem begnadeten Spaßmacher und Tormann, zum nahen Heimathaus unseres Mittelstürmers. Udo ließ sich in Windeseile zur Frau umkleiden. Er wurde mit Perücke, Kleid und, neben allen sonstigen weiblichen Merkmalen, mit einem herrlichen Busen ausgestattet. Kokett tänzelte er ins Gasthaus, wo ich ihn bereits unter dem Namen »Hermelinde« als siebente Teilnehmerin zur Misswahl angemeldet hatte. Sie vermuten, was jetzt kommt – und Sie haben recht! »Hermelinde« wurde zur »Miss Saßtal« gewählt. »Hermelinde« alias Udo war molliger als ihre/seine Konkurrentinnen. »Sie« war nicht so hübsch wie diese, aber »sie« hatte Charme und Witz. Bei jeder »ihrer« Performances in den einzelnen Durchgängen machte »Hermelinde« irgendetwas Lustiges, sodass sie bald den Saal und die Jury auf »ihre« Seite brachte. Einmal ließ »sie« den Bauch hüpfen, nach vor und zurück, dann wieder schnitt »sie« komische Grimassen oder »sie« ließ sich zu einem überaus komischen Spagat fallen.

Die anderen Damen wirkten dagegen blass und leblos. Udo machte sie zu Mauerblümchen. Dass sie sich ihren neidischen Unmut über seine Show demonstrativ anmerken ließen, brachte den Saal schließlich total in »Hermelinde«-Stimmung. Einige im Saal dürften gelernt haben, dass Schönheit, ob sie nun weiblich oder männlich ist, mehr mit

Geist und Temperament als mit Körper zu tun hat. Als Udo, der später ein großartiger Operettensänger wurde, sich nach seiner Kür als »Miss Saßtal« ans Schlagzeug der Band setzte und so grandios zu hämmern anfing und danach mit großer Inbrunst »Als Büblein klein an der Mutterbrust« sang, merkte das Publikum schnell, was los war. Der Saal tobte. Während Udos unterlegene Konkurrentinnen nicht sehr lachten, wussten die übrigen Leute, dass sie Zeugen eines außerordentlich witzigen Nachmittages geworden waren.

Es gäbe noch einiges aus dieser herrlichen Fußballzeit zu erzählen. Ich will es aber bei der Geschichte über die »Miss Saßtal« belassen. Über die Tatsache, dass drei unserer Spieler nach einem Zweitagesturnier in Kärnten zu einem Vaterschaftstest geladen wurden, will ich den Mantel des Schweigens breiten.

Initiator der gesamten Sportgeschichte unseres Dorfes war Papa. Er hatte gemeinsam mit dem Bürgermeister, dem Arzt und dem Friseurmeister unseren Verein gegründet. Nachdem er bei der Feuerwehr als Obmann zurückgetreten war, weil er seinen Stellvertreter verdächtigte, ihn beim Schnapsen beschwindelt zu haben, wurde er später Präsident unseres Sportvereins. Seine Nerven waren unserem Spiel allerdings nicht gewachsen. Er verzweifelte an unseren Sonntagsdebakeln. An den meisten Sonntagen bekamen wir »Schrauben«, egal ob wir daheim oder auswärts antraten. Wir verloren fast immer, und wir verloren nie normal. Uns schossen sie an jedem Sonntag die Hütte so voll, dass wir rasch zum Lieblingsgegner aller Mannschaften in unserer Klasse wurden. Und das war die 3. Klasse Süd, die tiefste in der Steiermark. Unter uns gab es nur noch die Hölle.

Immer, wenn wir Prügel bekamen, betrat Papa in der Halbzeit, in der sich unser Untergang bereits deutlich abzeichnete, unsere Kabine und verkündete lautstark seinen Rücktritt als Präsident. Wir nahmen das routiniert zur Kenntnis: Wir wussten, dass sich das alles am nächsten Sonntag wiederholen würde.

Dank

Für ihre Hilfe beim Entstehen dieses Buches muss ich den vielen Wegbegleitern meiner Kindheit danken, allen voran dem viel zu früh verstorbenen Erich Perner, dem Freund aus dem Nachbarhaus, der mir durch die überraschende Zusendung eines Kindheitsfotos sozusagen die Initialzündung für das Buch geliefert hat. Ich danke meinem Freund Kurt Bartsch von der Germanistik, Karl-Franzens-Universität Graz, für Korrekturen und sprachliche Hinweise, Bürgermeister Johann Kaufmann und Julia Fasching von der Gemeinde St. Stefan im Rosenthal und Direktor Werner Brugner und Robert Schöttel von der Landwirtschaftskammer Steiermark für Daten.

Ganz herzlich danke ich Verlagschefin Anita Keiper für die einfühlsame und frohgemute Zusammenarbeit, Robert Fimbinger und Maria Ankowitsch von der edition keiper für ihr großartiges und leidenschaftliches Engagement für dieses Buch.

Ganz besonders danken will ich auch meiner Frau Gertrude für Unterstützung und Zuspruch, besonders aber für einige »Schätze« aus dem Archiv ihrer Kindheit auf dem Land.

Vielen Dank!

Klaus Edlinger, geb. 1945, ist in der Südoststeiermark aufgewachsen. Nach dem Studium der Germanistik, Anglistik und Geschichte hat der Weltreisende als mehrfach ausgezeichneter Journalist und Fernsehmoderator gearbeitet. Daneben war er Coach von Politikern und Managern. Klaus Edlinger ist auch als Autor von Sachbüchern, Romanen und Kinderbüchern bekannt. Das vorliegende Buch ist seine erste Veröffentlichung in der edition keiper.

Die Fotos im Buch stammen von Christian Jungwirth.

Christian Jungwirth ist 1961 in Graz geboren. Der vielfach prämierte Fotokünstler bezeichnet sich als Autodidakt. Beruflich hat Christian Jungwirth auf allen Kontinenten gearbeitet. Sein Lebensmittelpunkt war aber immer Graz. Die Fotos dieses Buches entstammen seiner vieljährigen künstlerischen Auseinandersetzung mit den Menschen, ihrer Arbeit und der Landschaft.